W9-AVB-349

EL DIARIO DE

Lerdus Maximus

EN POMPEYA

WITHDRAWN

EL DIARIO DE

Lerdus Maximus

EN POMPEYA

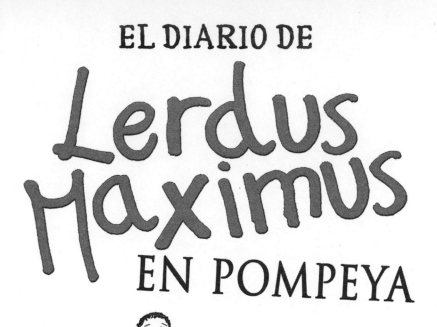

TIM COLLINS

B DE BLOK

Barcelona • Madrid • Bogotá • Buenos Aires • Caracas • México D. F.
Miami • Montevideo • Santiago de Chile

Título original: *Dorkius Maximus in Pompeii*
Traducción: Roser Ruiz
Ilustraciones: Andrew Pinder
1.ª edición: abril 2015

© Buster Books 2014
© Ediciones B, S. A., 2014
   para el sello B de Blok
   Consell de Cent 425-427 - 08009 Barcelona (España)
   www.edicionesb.com

Publicado por primera vez en el Reino Unido en 2013 por Buster Books, un sello de
Michael O'Mara Books Limited, 9 Lion Yard, Treamdoc Road, London SW4 7NQ

Printed in Spain
ISBN: 978-84-16075-37-9
DL B 6509-2015

Impreso por QP PRINT

Todos los derechos reservados. Bajo las sanciones establecidas
en el ordenamiento jurídico, queda rigurosamente prohibida,
sin autorización escrita de los titulares del *copyright*, la reproducción
total o parcial de esta obra por cualquier medio o procedimiento,
comprendidos la reprografía y el tratamiento informático, así como
la distribución de ejemplares mediante alquiler o préstamo públicos.

Agradecimientos

Gracias a Sophie Schrey, Bryony Jones, Philippa Wingate, Hannah Cohen, Andrew Pinder, Hilary Stroh, Nick Hurley y Collette Collins.

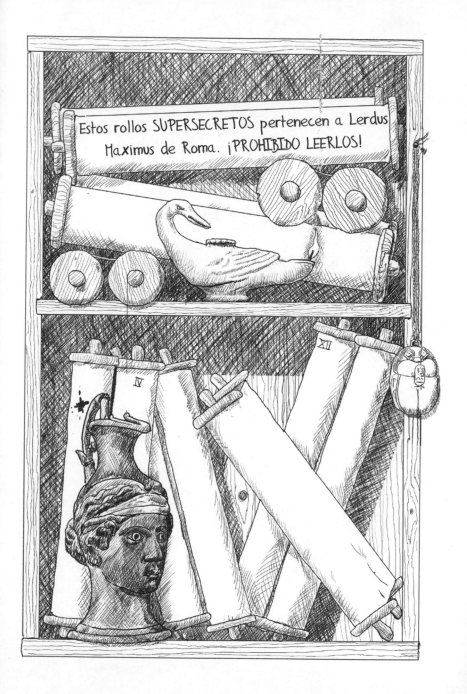

Mamá y papá

Pontius y Pullo, magistrados en Pompeya

Decima, mi única amiga en Pompeya

Gallinas sagradas d mamá, mis nuevas compañeras de cuar

ESTE DIARIO PERTENECE A:
LERDUS MAXIMUS
EDAD: 13 AÑOS
A VECES un héroe romano (¡en serio!)

Linos, mi mejor amigo en Roma

Servius, adivino chalado que hac predicciones patéticas

Marcus, mi supuesto maestro

Spurius, tipo despistado cuyo trabajo consiste en recordar nombres

MAPA DE POMPEYA

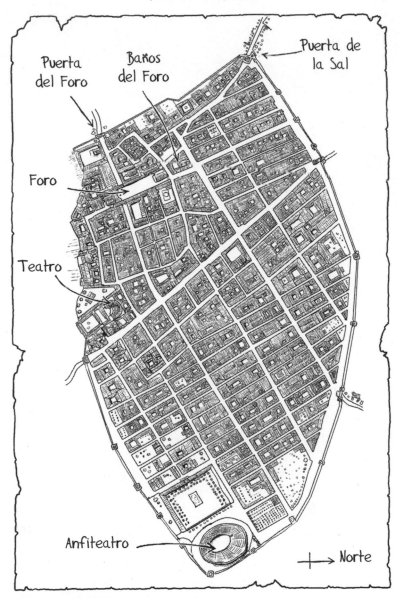

Puerta del Foro

Baños del Foro

Puerta de la Sal

Foro

Teatro

Anfiteatro

Norte

I de junio

¡Horror, terror y pavor! Llega el verano y toda la familia nos vamos de Roma para pasar las vacaciones en un pueblucho de mala muerte que está a varias millas de aquí. Pero ¿a quién se le ocurre marcharse de Roma, la MAYOR ciudad del mundo, para ir a Pompeya, que está en el culo del mundo? Pues a mi padre, a quién si no.

A mi madre el plan tampoco le hace mucha gracia. En general no hago mucho caso de sus delirantes supersticiones, pero Servius, su

Un tremendo rugido hendirá la tierra. Correrán ríos de fuego y lloverán piedras. Esclavos, libertos y ciudadanos serán enterrados todos juntos.

adivino, por una vez en la vida ha hecho una predicción útil.

Pero ¿nos ha hecho papá algún caso a mí o al adivino? NO.

II de junio

Mamá está preocupada por lo de pasar las vacaciones en Pompeya, pero papá sigue en sus trece. Julio César le ha ordenado que exija más impuestos al gobierno local, y si uno quiere conservar la cabeza sobre los hombros, es mejor que no le lleve la contraria a César.

Vale, César. Reconozco mi error.

Como mamá no paraba de quejarse, papá encargó al esclavo Odius que se ocupara de la tarea de escuchar. Lo único que Odius tenía que hacer era quedarse ahí sentado mientras mamá daba la tabarra sobre lo tremendísimo que sería ir a Pompeya. Pero después de media hora ya no ha podido más y ha dicho que aún tenía que barrer el atrio.

En general a Odius le ENCANTA pasarse las horas sentado sin pegar ni golpe. Al menos ahora ya sabemos cómo hacer que trabaje.

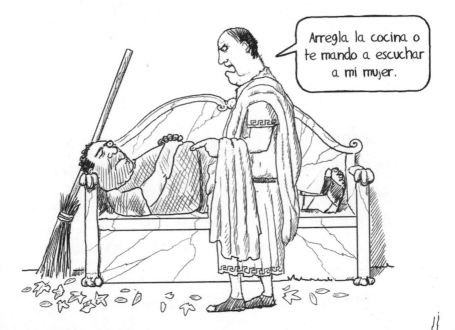

Arregla la cocina o te mando a escuchar a mi mujer.

III de junio

Esto es DE LO MÁS sospechoso. Cuando mamá ha vuelto hoy de ver a Servius, ha dicho que al final quiere ir a Pompeya. Parece que el adivino ha leído las entrañas de otro cerdo y ha cambiado su profecía.

Una suave brisa acariciará la tierra. Todos saborearán las mejores viandas y el más aromático vino. Esclavos, libertos y ciudadanos disfrutarán de unas excelentes vacaciones.

Le he preguntado a mi padre si había sobornado al viejo adivino y me ha dicho que no. Pero resulta que esta tarde he visto a Servius en el mercado comprando una estatua de bronce. ¿No es mucha casualidad que pueda permitirse este caprichito justo después de haber cambiado su vaticinio? ¿Eh?

Justo lo que yo pensaba. Toda esa profecía es una COMPLETA PATRAÑA.

Predigo que tu padre dará dinero a una persona que no sabe lo que se dice.

IV de junio

La cosa va de mal en peor. Le he preguntado a Linos, mi mejor amigo, si nos acompañaría a Pompeya y me ha contestado que está demasiado ocupado con su lavandería de pipí. Desde que abrió el negocio se ha convertido en un adicto al trabajo. Ni siquiera para cuando ha de ir al retrete, porque si quiere puede mear en el barreño mismo donde está lavando. A eso lo llamo yo eficiencia.

Reposición de líquido limpiador

V de junio

Quería llevarme a Pompeya toda mi colección de figuritas de gladiadores, pero papá me ha dicho que no había suficiente sitio en el carro.

Vale, pero ¿qué creéis que he visto cuando me he montado? Las gallinas sagradas de mamá. O sea, que para ESOS BICHOS sí había sitio, ¿no?

Mamá está obsesionada con esas gallinas. Cuando ha de tomar una decisión, siempre les pregunta antes su opinión ofreciéndoles grano. Por lo visto les preguntó si querían acompañarnos y ellas dijeron que sí, así que se las ha TRAÍDO.

La verdad es que las gallinas no parecían tener muchas ganas de venir, pero ¿de verdad han de estar cacareando todo el viaje?

Mamá está más pendiente de esos bichos que de mí. No me extrañaría que a papá y a mí nos mandara llevarlos en una litera.

IX de junio

Cuando llegamos a Pompeya ya era casi de noche. Para alcanzar la población tuvimos que rodear una montaña enorme llamada Vesubio y seguir un camino flanqueado de tumbas.

Entramos por la Puerta de la Sal y nos paramos delante de un hombre calvo que estaba ahí medio tirado masticando un chusco de pan. Papá le preguntó si sabía dónde estaba una casa con un mosaico de un perro guardián a la entrada, pero el tipo se encogió de hombros.

César lo arregló todo para que nos quedáramos en esa casa y nos aseguró que en el pueblo todo el mundo sabía dónde estaba. Todo el mundo menos ese tipo, digo yo.

Fuimos recorriendo las calles buscando el mosaico, y al final llegamos al mismo sitio.

El tipo calvo se había levantado y resulta

que antes había estado sentado en el mosaico del perro guardián.

Cuando papá le preguntó por qué nos había desorientado, él alegó que no nos había entendido por culpa de nuestro acento. ¿Qué? Pero si somos nosotros los que hablamos normal. Son ellos los que hablan raro.

¡Cuidado con el perro!

¡Cuidado con el estúpido antipático!

CAVE CANEM

Me han dado una habitación al lado del atrio y ahora mismo estoy tumbado en mi cama, preguntándome cómo pueden empeorar las cosas.

X de junio

Recordadme que NUNCA debo cuestionarme cómo pueden empeorar las cosas. Después de haberlo escrito, enseguida entró mi madre en el cuarto, junto con las gallinas. Cuando le pregunté qué estaba haciendo, me dijo que había puesto grano delante de todas las habitaciones para ver en cuál de ellas querían instalarse.

¿Y adivináis qué? Eligieron la mía.
CÓMO NO.

Como es de imaginar, pasé una noche fatal. Cada vez que conseguía dormirme, las gallinas me cacareaban al oído y me despertaban.

Así que me levanté al amanecer y salí a dar una vuelta. Yo había supuesto que el pedacito de pueblo que habíamos visto al llegar era el barrio más roñoso.

Error. El pueblo entero era roñoso.

CLUCK CLUCK

Mientras reflexionaba sobre el asunto, una horrible peste a pescado llegó hasta mi nariz. Después de un rato logré deducir de dónde provenía. Era por esa asquerosa salsa de pescado que preparan aquí. La venden en todas partes, y todo el mundo se la echa en la comida. PUAJ.

Cuando papá anunció que habría lirones para cenar, empecé a pensar que la situación mejoraba.

Pero cuando el nuevo cocinero salió de la cocina y descubrí que se trataba del tipo calvo al que habíamos encontrado medio tirado delante de la casa, se me cayó el alma a los pies.

Aunque adivinéis en qué salsa rancia había bañado los lirones, no pienso daros un premio. ¡Qué exquisitez desperdiciada!

XI de junio

A papá este sitio le gusta tan poco como a mí. Esta mañana ha salido a buscar a los representantes del gobierno local. Se ha parado en el foro para preguntar a unos tipos que estaban ahí ganduleando si sabían dónde encontrarlos. Resulta que ERAN ellos mismos.

Les pidió tener una reunión con ellos y le contestaron que ya estaban reunidos. Y no tenía la pinta de que el encuentro fuera a alargarse mucho. Cuando papá les dijo que habrían de pagar más impuestos, ellos contestaron que nanay.

Todo fue por dos magistrados llamados Pontius y Pullo. Según papá eran tan cabezotas y estúpidos que no hicieron caso de sus promesas o amenazas. Espero que cambien de opinión pronto. No quiero quedarme aquí.

Gandules

Gobierno local

XII de junio

Por lo visto papá cree que vamos a quedarnos por un tiempo, porque hoy me ha mandado a la escuela del pueblo para que "me integre". Yo no quiero integrarme, quiero volver a casa.

Me ha llevado a un pequeño edificio cerca del foro y al apartar una cortina he visto una habitación con las paredes pintadas de rojo, donde dos filas de estudiantes escuchaban al maestro.

—Hola, soy Lerdus Maximus, de Roma —he dicho, y me he sentado en uno de los bancos.

—Yo soy Marcus —ha dicho el maestro—. Hoy estudiamos el alfabeto. Si tienes algún problema con la lección, dímelo enseguida.

Me pregunté a qué clase de lección se le llamaría "alfabeto". Pero cuando me senté en mi sitio, mis compañeros empezaron a entrar en calor repitiendo una y otra vez las letras.

Después de media hora caí en la cuenta. Eso no era un ejercicio de calentamiento. Eso ERA la clase. Así, tal cual.

Después de haber sufrido las conversaciones entre mi madre y sus gallinas sagradas durante horas y horas, creía saber lo que era aburrirse. Pero eso entraba en una categoría completamente distinta.

Cuando POR FIN hemos terminado, el chico que estaba sentado a mi lado me ha dicho: "Me encanta el alfabeto. Es mi asignatura favorita. Y tú, ¿cuál prefieres?"

He intentado imaginar qué puede considerarse una asignatura en este sitio. ¿Respirar? ¿Ir al baño solo? ¿Mirar las piedras?

—La oratoria —he contestado.

El chico ha asentido muy serio, pero estoy seguro de que no tenía la menor idea de qué era eso.
Va a ser un verano MUUUY largo.

XIII de junio

Al menos uno de nosotros es feliz aquí. Esta tarde, cuando he vuelto a casa, me he encontrado a mamá enseñando sus gallinas sagradas a un grupo de pueblerinos que se había reunido en el atrio.

Mamá daba grano a sus gallinas y explicaba cómo iban a predecir el futuro. Por la forma en que esa gente la miraba con la boca abierta, se diría que acababan de descubrir el fuego.

Cuando mamá ha terminado, la gente ha empezado a echar grano a las gallinas y a preguntarles cosas. Un hombre se preocupó mucho cuando les preguntó si tendría buena fortuna y ellas rechazaron el grano. Yo intenté hacerle ver que esos bichos ya se habían puesto morados de grano y que era normal que no quisieran más, pero no me ha hecho caso.

De todos modos, probablemente las gallinas

tenían razón. Nadie tan estúpido puede
tener buena fortuna.

XIV de junio

Hoy Marcus ha dicho que tendríamos clase
escrita, y he dado por supuesto que el nivel
sería un pelín más alto que el del alfabeto.
Craso error. La cosa ha consistido en que los
alumnos escribieran sus nombres en las
tablillas de cera una y otra vez.

Marcus me ha pedido que participara, así
que he sacado de mi bolsa el rollo, la tinta
y la pluma de ganso. En cuanto he
empezado a escribir se han oído suspiros
de admiración por toda la clase.

Yo creía que Marcus me consideraría un
genio por saber escribir algo más que mi
nombre, pero me ha regañado por alterar
la clase con extravagancias.

¿Extravagancias? ¿Estos rollos?

A lo mejor creen que la rueda es una muestra de tecnología punta.

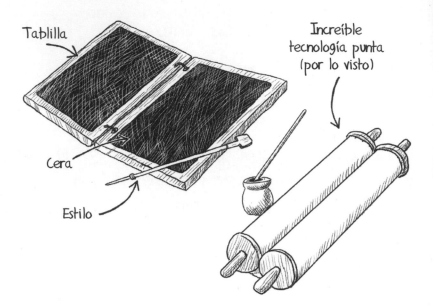

Tablilla

Increíble
tecnología punta
(por lo visto)

Cera

Estilo

Mis compañeros me han rodeado mientras yo les explicaba que anotaba en mi rollo todo lo que me pasaba. Se me ha ocurrido demostrárselo leyendo la entrada correspondiente al primer día de clase, pero luego me he acordado de que no había sido muy amable con ellos, así que les he ofrecido una versión más positiva.

Al terminar todos me han aplaudido.

—No puedo creer que salgamos en un rollo —ha dicho el que estaba más cerca de mí—. ¡Ya verás cuando se lo cuente a mis padres!

Me alegro de haberles dado una versión más positiva. Mis compañeros tal vez no sean lumbreras, pero parecen buena gente, y habría sido una lástima ofenderlos.

XV de junio

Hoy he intentado quedarme con algunos de mis compañeros al salir de clase, pero apenas tengo nada en común con ellos. He procurado llevar una conversación preguntándoles qué querían ser de mayores.

—Yo quiero ser portador de literas —ha dicho uno—. Así podré visitar muchas zonas de Pompeya y estar cerca de gente importante.

—Yo quiero ser barrendero —ha respondido otro—. Mi tío se dedica a esto y encuentra un montón de dinero que se le cae a la gente.

—Yo quiero ser recolector de pipí —ha dicho un tercero—. Para la lavandería.

—Eres un soñador —ha comentado el primero—. Nadie de nuestra escuela ha conseguido jamás un empleo como ese.

—Yo tengo un amigo que era recolector de pipí —he dicho—. Ahora tiene su propia lavandería.

Los chicos me escuchaban impresionados mientras yo les hablaba de la lavandería de pipí de Linos. Decidí poner en práctica mis dotes oratorias convirtiendo aquello en un discursito sobre cómo todo el mundo debe perseguir sus sueños.

Me costaba entender que el sueño en cuestión fuera recoger orina. ¿Es que nadie quería ya ser centurión, senador o conductor de cuadriga? Esos chicos de Pompeya deberían apuntar mucho más alto.

XVI de junio

Hoy papá pretendía mandarme de nuevo a la escuela, pero no he querido ir. Le he dicho que en realidad las clases me estaban volviendo más tonto y que si regresaba, acabaría olvidando cómo se hace para comer o incluso sentarse. Él me ha contestado que no quería verme por ahí como un alma en pena, así que ha salido a buscarme un preceptor.

No ha tardado en volver con la noticia de que el único preceptor de Pompeya se había marchado del pueblo hacía más o menos un mes. Se llamaba Numerius y vivía en una casa enfrente de la Puerta del Foro. Por lo visto era el tipo más listo de toda Pompeya, aunque eso no es decir mucho. Es como ser el trabajador que mejor huele en una lavandería de pipí.

Papá dice que nadie ha sabido explicarle por qué se marchó Numerius. A ver si adivino... ¿Será porque el pueblo entero está lleno de tontos? El verdadero misterio es cómo un hombre listo como él estaba dispuesto a vivir aquí.

El habitante más listo de Pompeya

El segundo habitante más listo de Pompeya

XVII de junio

Hoy estaba paseando por la Puerta del
Foro cuando he visto la casa de Numerius
y he decidido echar un vistazo. Esperaba
que se hubiera dejado algunos rollos en
blanco, pero no he encontrado ninguno.
En una habitación había muchos
anaqueles. Seguramente era una enorme
biblioteca.

Me fijé en que alguien había escrito "La
fortuna vigila al agua fría" en uno de los
estantes, pero no he entendido la frase. Me
ha parecido un grafiti muy raro. Por lo
general la gente escribe sobre lo horribles
que son sus ex novias o sobre lo bien que les
ha sentado hacer caca. Nadie escribe frases
absurdas como esa.

A lo mejor lo escribió Numerius. Ya que casi
todos los demás parecen tener dificultades
para escribir su propio nombre, es lo más
probable. Pero ¿por qué? ¿Es una pista
secreta? No tengo ni idea.

FALTAS en su propio nombre

XVIII de junio

Pontius y Pullo se han pasado por casa esta tarde, seguidos de un numeroso grupo de esclavos.

—Excelente —ha dicho papá, pasando al atrio—. ¿Habéis reconsiderado el asunto de los impuestos?

—No —ha contestado Pontius—. Venimos a ver esas extraordinarias gallinas de las que tanto se oye hablar.

Papá ha chasqueado la lengua y se ha metido en su cuarto.

Los visitantes se han agachado para observar las aves. Mamá ha venido con un puñado de grano y ha empezado su habitual demostración de los supuestos poderes mágicos gallináceos.

Pontius y Pullo miraban asombrados.

LAS INCREÍBLES
GALLINAS COMEDORAS
DE GRANO

No podía creer que esos dos fueran a los que
papá había de convencer para que pagaran
más impuestos. Eran IDIOTAS. Nunca más
volveríamos a casa.

—Hola, soy Spurius —ha dicho uno de los
esclavos mientras me estrechaba la mano—.
Soy un nomenclador; mi trabajo es
recordar los nombres y detalles de todos
los del pueblo, para que mis amos no tengan
que hacerlo. Es para evitar que metan
la pata.

—Yo soy Lerdus Maximus —he contestado—, y soy un auténtico héroe romano.

Cuando Pontius y Pullo ya se iban, Spurius me ha señalado y ha dicho:

—Es Cerdus Maximus. Auténtico rarete romano. —Pontius y Pullo me han sonreído.

No puedo creerlo. Su único trabajo es recordar los nombres y el mío lo ha olvidado en un instante.

XIX de junio

Hoy ha habido un espectáculo de gladiadores en el anfiteatro del pueblo y he ido para ver si me animaba un poco.

No me lo esperaba: el anfiteatro era impresionante, aunque en los pasillos olía como en la lavandería de Linos. Había cantidad de gente, así que pensé que pasaría una tarde estupenda.

La mitad del público coreaba "Celadus" mientras la otra mitad animaba cantando "Cresces". Era la primera vez que oía esos nombres, pero sin duda habían de ser buenos luchadores si la gente los animaba tanto.

No tardé en caer en mi error. Cuando los gladiadores salieron desde sus respectivos sitios y cruzaron la arena, vi que Celadus llevaba una espada pequeña y un casco oxidado, y Cresces una red medio rota con un tridente todo torcido.

Ninguno de los dos se parecía a los luchadores de Roma. Estaban gordos y en mi opinión les sobraban al menos diez años.

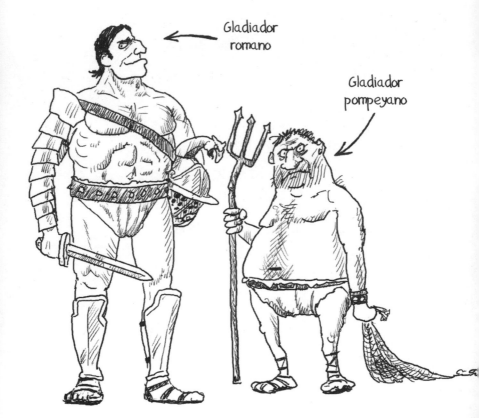

Gladiador romano

Gladiador pompeyano

De hecho, Celadus tuvo que pararse para tomar aire antes de llegar al centro de la arena. En lugar de aprovechar para atacar a saco, Cresces se ha quitado el casco para rascarse la cabeza, poblada de unos pocos pelos grises.

Cuando al final han empezado la lucha, he entendido por qué aquí los gladiadores llegan a viejos. Se atacaban muy flojito, tropezando a cada paso. Si habían de morir de algo seguramente sería de vejez.

Pero nada de eso desanimaba al público, que no paraba de aplaudir y vitorear. He intentado explicar a mi vecino de asiento que los combates de Roma eran mucho mejores, pero se ha levantado y se ha ido. Igual que el siguiente en el banco. No me ha importado, porque al final he tenido casi toda una fila para mí solito.

Al cabo de un rato, Celadus se ha tirado al suelo y Cresces le ha plantado el pie en el pecho. Y eso ha sido todo. Fin del espectáculo.

En Roma, habría sido el momento de soltar algunos animales y tener una emocionante lucha de fieras, pero aquí no. Esos dos no habrían podido enfrentarse ni a un gatito.

XX de junio

Esta tarde pasaba por el templo de
Fortuna Augusta en el foro cuando me he
fijado en las termas que había enfrente.
Me ha llamado la atención por algo
concreto, pero no he sabido decir qué era
exactamente. De pronto me he acordado
de las palabras que vi grabadas en casa
de Numerius: "La fortuna vigila al agua
fría."

En los baños hay una piscina de agua fría.
¿Y si Numerius dejó esas palabras como una
pista secreta, para que alguien tan listo
como yo la descubriera? He entrado en las
termas para investigar.

No había nadie en la piscina, y el agua
estaba tan cochina que, si te metías, seguro
que salías más sucio de lo que habías
entrado.

Cuando me he acostumbrado a la penumbra,
me he fijado en unas letras pequeñas

grabadas en el lateral de la piscina. Me he agachado para echarles un vistazo.

VE DEL FRÍO AL CALOR,
DONDE LA BESTIA CIEGA DA VUELTAS

Se me ha acelerado el corazón. ¡Otra pista! Numerius se había tomado muchas molestias. Sin duda había escondido algo muy importante.

He oído pasos que se acercaban y me he levantado de un salto. Por desgracia, me he caído en la piscina y al sacar la cabeza del agua he visto a Pontius y Spurius.

—Ah, mira a Lentus Maximus. Se baña con la ropa puesta porque es un auténtico rarete romano.

Pontius sonrió asintiendo mientras se dirigía a la siguiente piscina. Yo he esperado en el agua fría hasta que se han ido y luego he salido para secarme.

No puedo CREER que haya descubierto otra pista. Si tuviera la más remota idea de qué significa, aún estaría más contento.

XXI de junio

"Ve del frío al calor donde la bestia ciega da vueltas."

Para ser sincero, la nueva pista no me dice nada.

En las termas se puede ir de la piscina fría a la caliente, supongo. Pero ¿qué será "la bestia ciega"? ¿Algún tipo de monstruo marino sin ojos? Ya sé que los baños públicos están sucios, pero seguramente alguien se daría cuenta si una bestia ciega viviera en el fondo.

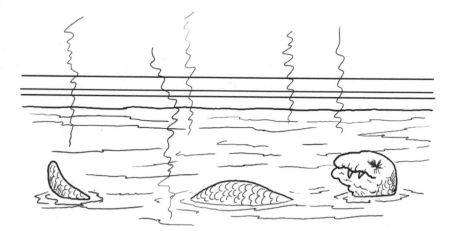

He de seguir investigando, supongo.

POSDATA

He mirado en la piscina de agua caliente
y no he visto ninguna criatura marina
dando vueltas. Aunque he visto a Pontius
flotando en el agua, y la verdad es que se
parecía un poco a un monstruo. Pero no
daba vueltas, y Numerius no podía saber
que ese tipo y yo coincidiríamos en las
termas.

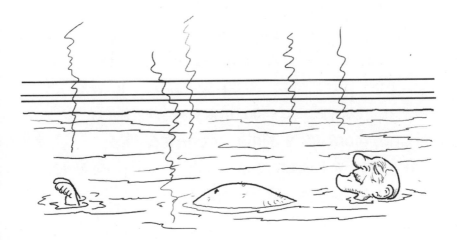

XXII de junio

Ayer por la noche estaba tumbado despierto, intentando hallar el sentido a la pista que había encontrado en las termas, cuando tuve una idea genial. Un plan A PRUEBA DE TONTOS para que Pontius y Pullo accedan a revisar los impuestos y así podamos largarnos de Pompeya.

Estaba pensando en lo fascinados que estaban todos con las gallinas sagradas cuando se me ocurrió el plan...

Es este: mamá invita a Pontius y Pullo, y les dice que pregunten a las gallinas si Pompeya debe pagar más impuestos. Mientras tanto, hacemos pasar hambre a las gallinas para que luego se coman lo que les echen. Cuando las gallinas se zampen el grano, Pontius y Pullo aceptarán los cambios. Volveremos a casa y así podré ver gladiadores en condiciones.

POSDATA

A papá le ha encantado el plan y mamá ha invitado a Pontius y Pullo para mañana. Mi estrategia no puede fallar.

XXIII de junio

Pontius y Pullo han venido esta tarde, seguidos de Spurius, que me ha señalado y ha dicho:
—Lerdus Maxilaris, el chico romano rarito.

Enseguida han estado de acuerdo en consultar a las gallinas acerca de los impuestos, lo cual demuestra que PAGARÁN los impuestos si lo deciden ellos.

Pontius se ha agachado cerca de las gallinas y ha preguntado:

—¿Debemos aceptar los nuevos impuestos?

Mamá ha lanzado un puñado de grano a las gallinas, esperando que los bichos empezaran a picotear como locos.

Por supuesto, las gallinas se han lanzado sobre la comida, pero luego han retrocedido.

—¡Venga! —les he dicho—. Llenaros los picos con este delicioso grano.

En lugar de picotear, las gallinas se han arrinconado al otro lado del atrio. Yo no daba crédito. Me había pasado todo el día vigilándolas para asegurarme de que no comían nada. ¿Por qué no tenían hambre?

—Parece que ya tenemos una respuesta —ha señalado Pullo.

—Gracias, gallinas —ha acotado Pontius—. Vuestra decisión es definitiva.

Y dicho esto se han marchado tan ricamente.

Papá me ha mirado.

—Muchas gracias por tu plan, Lerdus —ha soltado.

—No ha sido culpa mía —le he contestado—. Ha sido por esas estúpidas gallinas.

—No te pases con las gallinas —ha dicho mamá—. Por algo lo habrán hecho.

—¿Qué ha ocurrido? —ha preguntado el cocinero tras salir de la cocina, sin perder de vista el grano desparramado en el suelo—. ¿A las gallinas no les ha gustado mi nueva receta? Grano con deliciosa salsa de pescado: ¡irresistible para ellas!

¡AAAARRRGH! Mi plan ha fallado y estoy aquí atrapado por culpa de ese estúpido cocinero. ¿Qué le ha hecho pensar que a las

gallinas les gustaría el pescado? ¿Alguna
vez las ha visto salir de pesca?

XXIV de junio

Esta tarde he oído a los nuevos amigos de
mamá dando la tabarra sobre un demonio
que supuestamente vive en el monte
Vesubio.

Por lo visto le han oído gruñir, y a veces da
unas patadas tan fuertes que todas las
casas de Pompeya tiemblan.

Les aterroriza pensar que el demonio puede
salir y destruir el pueblo, así que ruegan a
los dioses que lo ahuyenten.

Me he asomado al atrio y he visto que
Pontius y Pullo estaban entre los presentes.
Si incluso los jefes del pueblo se dedican a
soltar estas burradas, ¿qué esperanza hay
de que alguien conserve dos dedos de
frente?

Pullo se ha agachado junto a una gallina.

—¿Cómo lograremos que los dioses echen al demonio de la montaña? —les ha preguntado.

¿A qué estaba jugando? Lo de las gallinas sagradas no funciona así. Solo pueden contestar "sí" o "no", en ningún caso dan una respuesta detallada.

Pullo se ha erguido de nuevo.

—Me han dicho que hemos de hacer un sacrificio para complacer a los dioses. Luego ellos echarán al demonio.

Por desgracia, Pullo no estaba pensando precisamente en las gallinas para hacer el sacrificio. Todos esos chalados salieron corriendo hacia el mercado para comprar una vaca, con lo cual desperdiciarían el dinero que bien habría servido para pagar los nuevos impuestos a papá.

POSDATA

Acabo de tener una horrible pesadilla en la que un demonio me devoraba. Al despertar he visto que una de las gallinas me picoteaba la cabeza.

Imposible volver a dormirme. Ya sé que no existe el demonio de la montaña, pero es difícil no preocuparse cuando todas las sombras parecen monstruos horripilantes.

Dicho esto, a lo mejor no sería tan horrible que un demonio DEVORARA todo el pueblo, siempre que sobreviviéramos. Al menos así podríamos volver a casa.

XXV de junio

Hoy, volviendo del colegio, me moría de ganas de ir al baño, así que he tenido que ir al retrete público. En general no soporto esos sitios, porque tienes que hacer tus cosas delante de todo el mundo. Pero por suerte he encontrado uno que estaba vacío.

Justo cuando me disponía a aliviarme, han entrado Pontius y Spurius. He intentado disimular, pero Spurius me ha señalado y ha dicho:

—Tontus Maximus, rarito romano.

Pontius me ha saludado con un gesto, se ha sentado y ha empezado a utilizar el retrete. No puedo creer que incluso los jefes de este pueblucho hagan sus cosas delante de quien sea. Resulta difícil tomárselos en serio cuando los has visto haciendo caca. Por eso Cleopatra, la reina de Egipto, recibía a sus súbditos en una barca perfumada, no haciendo esfuerzos en un retrete público.

Líder de Egipto

Líder de Pompeya

XXVI de junio

Hoy, cuando pasaba por delante de la panadería, he notado una oleada de calor de los hornos. He mirado dentro del establecimiento y he visto un burro que daba vueltas a un molino.

¡PUES CLARO! Esta era la respuesta a la segunda pista de Numerius.

Ve del frío al calor donde la bestia ciega da vueltas.

El panadero tiene un asno que da vueltas al molino para moler los cereales. Y le tapa lo ojos para que no se distraiga. La panadería es el sitio caluroso al que se refería Numerius, y el asno es la bestia ciega que da vueltas. ¡SOY UN GENIO!

He entrado enseguida para encontrar la
siguiente pista, pero uno de los panaderos
me ha acusado de intentar robar pan y me
ha perseguido con un cuchillo. Estaba a
punto de dar mis explicaciones cuando de
pronto he visto unos grafitis rojos en la
puerta. Casi todos eran las tonterías de
siempre como "Figulus ama a Idaia"

o "Este pan es como una piedra", pero justo encima de la puerta había una frase garabateada.

Esa debe de ser la última pista. Al menos estoy al final de la serie de claves que dejó Numerios. Lo malo es que no tengo la MENOR idea de qué significa.

XXVIII de junio

Hoy he paseado por el pueblo pensando en la pista. Y cuando finalmente he llegado a la respuesta, he deseado no haberlo hecho.

Iba de camino al foro cuando me ha asaltado una peste nauseabunda. De pronto, me he dado cuenta de que ese era el lugar al que se refería Numerius. Los retretes públicos. ¿Qué son los retretes, sino unas hileras donde la gente va a relajarse y aliviarse? Y si mi búsqueda me conduce al lugar que hay DEBAJO, tendré que meterme DENTRO de las cloacas.

He querido abandonar. Si Numerius ha dejado una serie de pistas que conducen al interior de un retrete, es que está loco. ¿Quién sabe lo que pretende que descubra yo? A lo mejor es que ese es su domicilio secreto.

Pero luego he pensado... ¿y si había escondido algo REALMENTE secreto ahí dentro, algo que solo debía encontrar la persona más entregada: un verdadero héroe romano?

Tenía que investigar. Una de las hileras de asientos tenía una abertura lateral, así que me he metido por ahí y entrado en la corriente de agua que pasaba por debajo.

He empezado a resbalar en el suelo blandurrio y he tenido que apoyarme en las paredes pringosas. El hedor era tan fuerte que me lloraban los ojos, pero he contenido la respiración y he echado un vistazo. No he visto nada, aparte de un pantanal de caca y pipí.

Y eso era todo. Resultaba que Numerius sí estaba loco. Yo había seguido la pista de un chalado y había terminado metido en un retrete público.

Y ahí ha sido cuando he hecho lo que yo mismo me había prometido no hacer. He empezado a preguntarme cómo podía empeorar mi situación.

He oído pasos arriba, en la zona pública. Y voces susurrando algo sobre el demonio de la montaña. Luego, uno a uno, los círculos de luz que tenía encima han ido desapareciendo.

Tampoco es que me apetezca dar muchos más detalles de lo que pasó a continuación.

En realidad he hecho lo posible por borrarlo de mi memoria. Solo diré que ha sido como estar en medio de una tormenta de pedos.

Ni siquiera les he podido pedir que pararan.
Habrían pensado que les hablaba un demonio
de los retretes.

Prefiero no seguir exponiendo mi terrible
experiencia. Solo diré que al terminar,
he ido como he podido a las termas.
Me he metido en la piscina de agua fría
y allí me he quedado hasta limpiarme del
todo.

Pontius y Spurius han vuelto a pasar. Spurius
me ha señalado y ha dicho:

—Porcus Maximus, rarete romano.

Por una vez, he tenido que darle la razón.

XXIX de junio

Papá ha renunciado a hablar sensatamente con Pontius y Pullo, lo cual es comprensible. Está organizando un encuentro en el foro para poder dirigirse al pueblo de Pompeya sin intermediarios. Cree que atenderán a razones y accederán a pagar más impuestos.

Yo no tengo grandes esperanzas. El pueblo de Pompeya es tan capaz de atender a razones como las gallinas de mamá.

Aunque debería confiar en que tenga razón. Es mi única oportunidad de escapar de este sitio ridículo y apestoso.

I de julio

Esta mañana pasaba por delante del teatro cuando de pronto se me ha ocurrido una idea. ¿Y si las "hileras de relajación y alivio" fueran del teatro, y no de los retretes? Al fin y al cabo, la gente va ahí a relajarse, y sienten un gran alivio

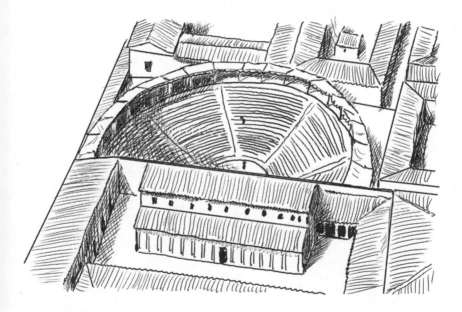

cuando termina una de esas angustiosas tragedias.

Qué subidón: al pensar que había resuelto la pista final. Y enseguida el bajón: cuando he recordado que me había sometido a la tormenta de pedos para nada.

He entrado en el teatro y he mirado las hileras de asientos de piedra. No había nada que pudiera servir de escondrijo.

Me he puesto a cuatro patas y he recorrido a gatas la fila de abajo. Más o menos a la mitad había una piedra suelta. ¡Eso era! Por fin había llegado al final de la serie de pistas.

—¿Qué haces?

He mirado por encima de mi hombro. Una chica me observaba. No podía creer que me hubiera distraído tanto como para olvidar que debía tener cuidado con evitar a los fisgones.

—Estoy ensayando para una obra.

—¿Por qué vas a gatas? —ha preguntado la chica.

—Porque… hago de perro —he dicho—. Y ahora, si no te importa, he de practicar. ¡Guau guau guau!

Tenía la esperanza de que mis ladridos ahuyentaran a la chica, pero no.

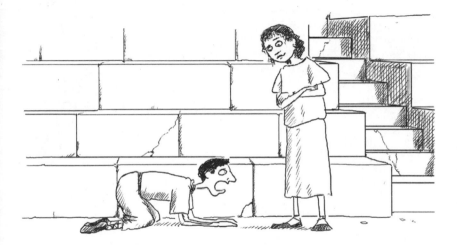

—Guau guau guau —he intentado de nuevo.

—Está bien —ha dicho ella—. Pensaba que habías venido por lo de Numerius.

—Guau guau... Oh —he dicho, y me he puesto de pie.

72

—Pues no —ha contestado la chica—. No habrás pensado que las hileras de relajación y alivio eran los retretes, ¿no?

—No —he respondido—. Claro que no. Solo he pensado que a lo mejor lo habías hecho. Bueno, no hagas caso. Creo que he encontrado una cosa.

Me he agachado y he apartado la piedra. Debajo había un hueco donde se escondía un rollo.

—¡Increíble! —ha dicho la chica mientras yo cogía el rollo y lo extendía.

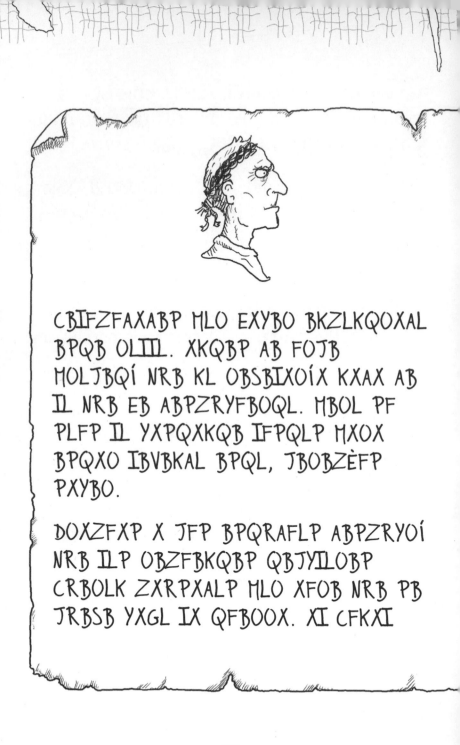

CBIFZFAXABP HLO EXYBO BKZLKQOXAL
BPQB OLIII. XKQBP AB FOJB
HOLJBQí NRB KL OBSBIXOíX KXAX AB
IL NRB EB ABPZRYFBOQL. HBOL PF
PLFP IL YXPQXKQB IFPQLP HXOX
BPQXO IBVBKAL BPQL, JBOBZÈFP
PXYBO.

DOXZFXP X JFP BPQRAFLP ABPZRYOí
NRB ILP OBZFBKQBP QBJYILOBP
CRBOLK ZXRPXALP HLO XFOB NRB PB
JRBSB YXGL IX QFBOOX. XI CFKXI

BPQL EXOÁ NRB IX JLKQXÑX
BUHILQB. BPZXHXOÁ RK DXP JLOQXI,
ZXBOÁK OLZXP XOAFBKQBP V PB
CLOJXOÁ RK OÍL AB CRBDL.

ZRXKAL ZLKQÈ JF ABPZRYOFJFBKQL
X HLKQFRP V HRIII, BIIIP
FKPFPQFBOLK BK NRB QLAL BOX LYOX
AB RK ABJLKFL V JB XJBKXWXOLK PF
ZLKQXYX JFP JBKQFOXP.

HBOL SLPLQOLP EXYÈFP PFAL II
YXPQXKQB FKQBIFDBKQBP HXOX
EXYBO PBDRFAL IX HFPQX V
ABPZFCOXAL BI ZÒAFDL, XPÍ NRB
EXOÈÍP ZXPL AB JF XASBOQBKZFX.

JXOZEXLP AB HLJHBVX JFBKQOXP
HLAÁFP.

Creo que el hombre del dibujo era Julio César, porque he reconocido su absurdo peinado. Pero no tengo ni idea de lo que significa ese galimatías. Tanto lío para eso. A lo mejor resulta que Numerius sí estaba loco.

II de julio

La chica se llama Decima. Como yo, ha venido desde Roma. Resulta que ella también fue a casa de Numerius para ver si encontraba algún rollo y dio con las pistas. Pero a diferencia de mí no tuvo que sufrir ninguna tormenta de caca.

El padre de Decima tiene varias tiendas en Roma y ha traído cantidad de cosas a Pompeya para cambiarlas por salsa de pescado. Estoy seguro de que no querrá hacerlo en cuanto pruebe esa bazofia, pero mientras tanto me alegro de tener conmigo a Decima, una compañera romana.

Hoy he ido a su casa y hemos vuelto a examinar el extraño mensaje del rollo. No he sacado nada más en claro, pero le he dicho a Decima que conocía a Julio César en persona y que él me consideraba un INCREÍBLE héroe romano. Parecía bastante impresionada.

III de julio

Esta tarde, unas doscientas personas han acudido a la convocatoria de papá en el foro. No ha estado mal, teniendo en cuenta que ya les había avisado de que hablarían sobre ese tostón de los impuestos.

Su discurso ha sido muy claro, pero me temo que los lugareños no han pillado nada.

Cara de bobos

Habitantes de Pompeya

Cuando ha terminado, papá ha preguntado a la gente si tenía alguna pregunta.

—Sí —ha dicho un hombre que estaba al fondo, con una túnica azul—. ¿Qué piensas hacer con el demonio del monte Vesubio?

—Me refería a preguntas sobre los impuestos —ha puntualizado papá.

—¿Se marchará el demonio si hacemos más sacrificios de animales? —ha preguntado una mujer de cabello rojo—. He oído decir que tiene dos cabezas.

—¡Ya basta! —ha gritado papá—. Si vuelvo a oír una sola palabra sobre ese estúpido demonio...

De pronto el suelo ha retumbado y todo se ha sacudido. Un carro cargado con ánforas de salsa de pescado se ha volcado y todo su asqueroso contenido se ha derramado. Un pedazo de piedra se ha desprendido del techo del templo y papá ha tenido que apartarse de un salto.

—¡Es el demonio! —ha gritado la mujer pelirroja—. Has hecho que se enfade. Ha oído que le has llamado estúpido.

La gente ha empezado a dispersarse y me he acercado a papá, que se ha sentado en los escalones.

—Ya te dije que eran todos muy raros —le he dicho—. Pero no importa. Pronto volveremos a casa.

Papá ha mirado el rollo que llevaba y ha suspirado.

—No —ha respondido—. Julio César dijo que no podíamos volver hasta que consiguiera subirles los impuestos.

—¿QUÈ? —he gritado—. Pero dijiste que solo habíamos venido a pasar el verano.

—Es el tiempo que había calculado para conseguirlo —ha dicho—. Bueno, al menos tu madre está contenta. Si la dejaran, se quedaría aquí para siempre.

¿Mi madre? ¿Y yo qué? No puedo quedarme aquí para siempre. Estoy destinado a ser un gran héroe romano, no un vendedor de salsa de pescado en un pueblo perdido. ¡BAH!

¡Compren salsa! ¡Asquerosa salsa de pescado!

IV de julio

Esta mañana le he hablado a Decima del mitin de mi padre. Para variar, le ha interesado más el tema del demonio de la montaña que la subida de los impuestos. Pero en su caso hay una diferencia: Decima piensa que la idea de un monstruo es una superstición absurda.

Considera que ha de subir a la montaña para averiguar qué causa realmente las sacudidas.

Yo le he dicho que sí, aunque en realidad pienso que es el tipo de cosa que PODRÍAMOS hacer. No es que estuviera aceptando su plan.

Le he sugerido que siguiéramos intentando averiguar qué dice el rollo. Pero ella me ha acusado de tener miedo del demonio imaginario, cosa que evidentemente no es cierta.

Así que hemos quedado mañana a primera hora para subir a la montaña e investigar.

POSDATA

De acuerdo, lo admito. TENGO un poco de miedo. Sé que es muy, muy, muy improbable que haya un demonio. Pero ¿y si lo hay? Voy a ver si papá se ha traído alguna arma.

POSPOSDATA

No ha traído ninguna, pero he encontrado algunas cosillas que pueden servir.

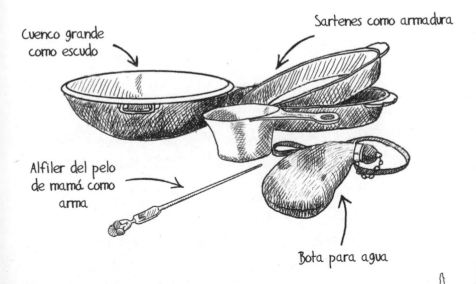

Cuenco grande como escudo

Sartenes como armadura

Alfiler del pelo de mamá como arma

Bota para agua

Si lo pones todo junto ¿qué tendrás?

PROTECCIÓN A PRUEBA DE DEMONIOS

REQUETEPOSDATA

Esta noche he practicado en el atrio mis movimientos escacharra-demonios. He atacado con el alfiler y desplazado el cuenco una y otra vez para protegerme. Creo que me he pasado un poco, porque me imaginaba todo el rato que de verdad había un demonio que me atacaba echando fuego por las narices. Me he apartado tan rápido de la supuesta llamarada que sin querer he dado un golpe a uno de los jarrones de mamá y se ha roto.

Lo que imaginaba
que hacía

Lo que hacía
realmente

Me he puesto como un tomate. El jarrón se ha hecho AÑICOS y será imposible recomponerlo. Y para colmo lo he tirado de un estante alto, o sea que ni siquiera puedo echar la culpa a las gallinas.

Seguía pensando en cómo solucionar el tema cuando se ha producido otro temblor. He oído chillidos y muchas carreras en la calle.

Mamá ha llegado corriendo.

—¡Mi jarrón! —ha gritado—. La sacudida del demonio de la montaña lo ha destrozado.

—Pueees... sí —he dicho—. Eso es exactamente lo que ha pasado. Demonios, ¿eh? Qué se le va a hacer.

Si mañana me encuentro con el demonio, creo que más que luchar con él le daré las gracias. Acaba de librarme de una buena.

V de julio

Esta mañana, cuando Decima me ha visto ha soltado una risita. Una reacción muy poco apropiada ante un héroe romano.

—¿Qué llevas puesto? —me ha preguntado.

—Protección a prueba de demonios —he dicho—. Por si las moscas.

—¿Qué piensas hacerle? ¿Atacarlo o cocinarlo?

Hemos salido del pueblo por la Puerta de la Sal y nos hemos encaminado a la montaña. A medida que el sol iba subiendo, he notado que el sudor me empapaba la túnica. Las sartenes me daban un calor horrible, pero entonces he pensado en la armadura de los

soldados romanos. Si ellos pueden llevarla, yo también.

Tenía la boca tan seca como el polvo del camino y me alegré de haber llevado agua.

—¿Me das un poco? —me ha preguntado Decima.

—Ah, al final eso de ir preparado no es tan mala idea —le he dicho, tendiéndole la bota de agua—. ¿Quién es el tonto ahora?

—Pues tú —ha contestado—. Pero gracias por el agua.

Hemos cruzado un campo de olivos y un viñedo.

—¿Has oído eso? —ha preguntado Decima.

—¿El qué? —Debido al ruido de las sartenes, yo no oía gran cosa.

—A lo mejor si te quedas quieto captas algo, Chico Batería.

Me he parado en seco. De la hilera de viñas de la izquierda salía un rumor bajo. He visto una forma oscura moviéndose entre las plantas.

—¡Es el demonio! —he gritado. Me temblaban tanto las manos que apenas podía sujetar el escudo-cuenco.

—¡Perfecto! —ha dicho Decima, dirigiéndose hacia allí—. A ver qué es.

He intentado seguirla. De verdad. He ordenado a mi cuerpo que fuera hacia allí, pero en lugar de eso me he encontrado lanzando al suelo el escudo y el alfiler para echar a correr.

Los gruñidos del demonio eran cada vez más fuertes. Notaba las patas de la bestia golpeando el suelo detrás de mí. Parecía que había un montón de patas. ¿Y si era algún tipo de gigantesco demonio-araña?

Me he dado la vuelta para verlo, pero el sudor me bajaba desde el cazo-casco y se me ha metido en los ojos. Solo he podido ver una vaga forma de dos cabezas.

De nuevo he mirado hacia delante, pero demasiado tarde para ver una piedra grande. He tropezado y me he caído. Me he arañado los brazos con la gravilla del camino y he sentido un dolor muy fuerte en el tobillo.

El gruñido de la bestia se oía cada vez más cerca. Era el fin. Estaba a merced de un gigantesco monstruo montañero.

VI de julio

Será mejor que me explique. Lo que me atacó ayer no era un monstruo. Solo eran dos perros negros que viven en ese viñedo. Y en realidad no me atacaron. Solo ladraron un poco y me lamieron la cara.

Lo que pasó realmente

Al caer me torcí el tobillo y Decima tuvo que ayudarme a volver al pueblo. Tardamos siglos en bajar de la montaña.

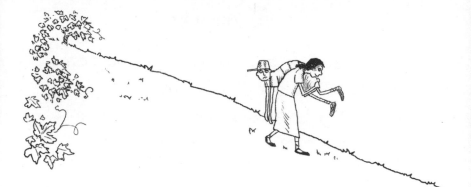

Ayer noche mamá vino a mi habitación preguntando por su alfiler del pelo y se asustó al ver todas mis heridas. Me preguntó qué me había pasado y estuve a punto de contarle la verdad, pero luego pensé que eso me obligaría a confesar que le había robado el alfiler.

—Me atacó el demonio —le dije.

Sé que no debería haber mentido, pero no se me ocurrió otra cosa. Ojalá que los dioses no me castiguen por ello.

Aunque de momento no han dado señales de vida.

VII de julio

Esta mañana quería quedarme en la cama, pero mamá ha insistido en que me levantara y les contara a sus amigos lo de mi encuentro con el demonio. Pontius, Pullo y muchos otros pompeyanos se apiñaban en el atrio esperando que yo les hablara.

Quería decirles que todo había sido fruto de mi imaginación, pero luego he pensado sacar partido de mis dotes oratorias... y les he ofrecido un emocionante relato de cómo el demonio saltó sobre mí y me arrastró por el suelo con sus afiladas garras. También les he dicho que tenía dos cabezas, varias filas de amenazadores dientes y unos ojos naranjas que parecían arder.

Les he descrito mi lucha contra la bestia, cómo le pateé su peludo trasero y la hice huir hacia la cumbre.

Algunos amigos de mamá han empezado a gemir levantando los brazos al cielo, y me he preguntado si no me habría PASADO un poco con mi espléndido relato.

¿Por qué nos tratan así los dioses?

Yo (pronunciando un BRILLANTE discurso)

—¡Que no cunda el pánico! —ha gritado Pontius.

—Hagamos más sacrificios de animales —ha dicho Pullo—. Que todos traigan animales al templo para matarlos ipso facto.

La gente salió corriendo. Tendría que haberles llamado para que volvieran y decirles que todo había sido fruto de mi imaginación. Ahora me doy cuenta.

—Lo he oído todo —ha gritado papá desde su estudio—. Lerdus, no me vengas con que tú también te has tragado esa chorrada sobre el demonio.

—No —le he dicho—. Forma parte de mi plan para que acepten la subida de impuestos.

Eso no era del todo verdad, pero seguramente ya se me ocurriría algún plan en el que pudiera incluir todo lo que había pasado.

VIII de julio

Hoy todo el mundo me preguntaba cosas sobre el ataque del demonio. Si no he contado la historia CINCUENTA veces, no la he contado ninguna. Al final, he añadido un par de detalles: que al cortar una de las cabezas del demonio, le han crecido otras. Es agradable que me aprecien por algo, aunque solo sea por inventar mentiras descabelladas.

IX de julio

Mi discurso sobre el demonio ha tenido un GRAN impacto entre las amistades de mamá. Esta mañana he oído que Pullo le hablaba de eso.

—El demonio no tardará en atacar —decía—. Todas las señales así lo indican.

—¿Qué señales?

—Se han visto luces extrañas —ha contestado—. Las aves vuelan en formaciones inusuales. Y una de mis vacas ha dado a luz un lechón.

—¡Oh, no! —ha gemido mamá—. ¡Qué nefastos augurios!

—Bueno, de hecho tal vez fuera una de las puercas la que dio a luz el lechón. Estaba tan oscuro...

X de julio

Esta tarde he ido a mi habitación y me he encontrado a un hombre que estaba pintando una cara horrible en la pared.

—¿Qué es eso? —le he preguntado.

El pintor se ha detenido y me ha mirado.

—Medusa. Es lo que me ordenó tu madre.

—¿Y por qué ha ordenado eso? —he preguntado.

—Por si viene el demonio. La mejor protección contra cualquier mal es dibujar algo aún más horrible para asustarlo. Todo el mundo lo sabe.

—Ah. —Iba a preguntarle si no podía hacer la pintura un poquitín menos horrible para que no me robara el sueño, pero he pensado que eso no me dejaría en muy buen lugar.

Al terminar la horripilante imagen, el pintor ha retrocedido un paso.

—Aquí la tienes —ha dicho—. Eso debería mantener a raya a ese incordio.

—Pueeees... gracias. Esperemos que sí.

—No, gracias a ti —ha contestado—. Desde que les contaste a todos lo del demonio el negocio va viento en popa. Ya verás: te pondré una cara que grite y derrame sangre

por los ojos sin cobrarte más. Es mi forma
de agradecértelo.

—No, seguro que con esto ya habrá bastante
—he dicho.

Ahora he de intentar dormir con una cara
horrible mirándome.

No va a ser fácil.

XI de julio

Esta mañana ha venido Decima. Parecía bastante enfadada, o sea que me he hecho el dormido, pero no ha servido de nada.

—¿Por qué has dicho a todo el mundo que has visto un demonio de dos cabezas? —ha preguntado. Tenía en la mano el rollo que habíamos encontrado en el teatro y he temido que me pegara con él.

—Para que mamá no se enfadara por haberle robado el alfiler —he respondido.

—¿Y por eso has hecho que el pueblo entero entre en pánico?

Así dicho, la verdad es que no había para tanto.

—Sí. Lo siento.

Encuentra la diferencia

—Pues tendrás que compensarlo descifrando este código —ha soltado, lanzándome el extraño rollo—. Estoy segura de que la partida de Numerius está relacionada con las extrañas sacudidas de la tierra. Y este rollo puede darnos la explicación. Pero yo ya tengo la cabeza hecha un lío. Ahora te toca a ti, Lerdus.

XII de julio

Siento mucho haberme inventado todas esas cosas y haber hecho enfadar a Decima. Quiero que me perdone, así que procuraré descifrar el contenido de ese rollo. Pero POR MÁS que lo intento, es un galimatías.

Vale, veamos... Hay una imagen de César junto a un montón de letras puestas al azar. César debe de ser la pista. ¿Qué sé sobre él?

Peinado estúpido

Distracción poco efectiva

I. Lleva un peinado absurdo. Además, pretende que nadie se fije en ello poniéndose una corona de laurel.

II. Entre sus pasatiempos figuran la guerra, los discursos y participar en IMPRESIONANTES desfiles militares.

III. Es un noble héroe romano, excepto cuando la reina Cleopatra de Egipto anda cerca. Delante de ella es tímido y vergonzoso.

Hummm. Nada de esto sirve de ayuda. Desde luego, suelta un montón de tonterías cuando está con Cleopatra, pero suelen ser cosas de amor y romance, no una serie de letras al azar.

¿Qué relación hay entre nuestro (a veces) gran líder y el mensaje secreto? Al final esto me volverá LOCO.

XIII de julio

MAGNÍFICAS noticias. ¡He descifrado el código!

Estaba charlando con papá acerca de César para ver si comentaba algo que me sirviera de ayuda. Papá hablaba de todas las batallas en las que participó César. Yo ya estaba a punto de irme cuando ha mencionado que César inventó algo llamado "cifrado". Eso le permitía mandar mensajes secretos durante las batallas.

En realidad es muy sencillo. Solo hay que desplazar cada letra tres puestos en el alfabeto, de manera que "D" significa "A", "E" significa "B", "F" significa "C", etc. Si aplicas esto al contenido del rollo se obtiene esto:

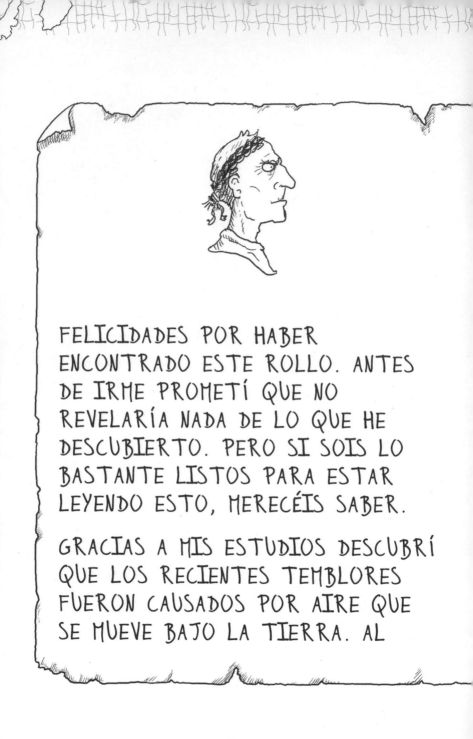

FELICIDADES POR HABER
ENCONTRADO ESTE ROLLO. ANTES
DE IRME PROMETÍ QUE NO
REVELARÍA NADA DE LO QUE HE
DESCUBIERTO. PERO SI SOIS LO
BASTANTE LISTOS PARA ESTAR
LEYENDO ESTO, MERECÉIS SABER.

GRACIAS A MIS ESTUDIOS DESCUBRÍ
QUE LOS RECIENTES TEMBLORES
FUERON CAUSADOS POR AIRE QUE
SE MUEVE BAJO LA TIERRA. AL

FINAL ESTO HARÁ QUE LA MONTAÑA EXPLOTE. ESCAPARÁ UN GAS MORTAL, CAERÁN ROCAS ARDIENTES Y SE FORMARÁ UN RÍO DE FUEGO.

CUANDO CONTÉ MI DESCUBRIMIENTO A PONTIUS Y PULLO, ELLOS INSISTIERON EN QUE TODO ERA OBRA DE UN DEMONIO Y ME AMENAZARON SI CONTABA MIS MENTIRAS.

PERO VOSOTROS HABÉIS SIDO LO BASTANTE INTELIGENTES PARA HABER SEGUIDO LA PISTA Y DESCIFRADO EL CÓDIGO, ASÍ QUE HARÉIS CASO DE MI ADVERTENCIA.

MARCHAOS DE POMPEYA MIENTRAS PODÁIS.

XIV de julio

Cuando le he mostrado a Decima el código descifrado, se ha quedado impresionada. Estábamos tan contentos que hemos tardado un poco en asimilar el funesto mensaje del rollo.

Este pueblo quedará anegado por algo más tóxico que la salsa de pescado. Caerán piedras ardientes del cielo y, conociendo la suerte que tengo, seguro que una me va a parar en toda la cabeza. No es motivo de celebración.

POSDATA

¡Dioses! Acabo de mirar la primera entrada del rollo y he visto el vaticinio del adivino de mamá.

Parece que por una vez tenía razón. Tenemos que irnos de Pompeya, ¡YA!

Un tremendo rugido hendirá la tierra. Correrán ríos de fuego y lloverán piedras. Esclavos, libertos y ciudadanos serán enterrados todos juntos.

XV de julio

He ido a ver a papá a su despacho y le he contado lo del rollo secreto, pero no me ha hecho caso.

—Contigo, si no son monstruos de dos cabezas, son montañas que explotan —ha dicho.

—Lo siento —le he dicho—. Todo eso del demonio me lo inventé. Pero esto es VERDAD. Caerán piedras ardientes. Tenemos que irnos.

—Puede que tengas razón —ha contestado papá—. Pero las piedras ardientes serán como un regalo de las Saturnales comparado con lo que Julio César me hará si vuelvo sin haber acordado la subida de impuestos.

Vesubio enojado

César enojado

XVI de julio

El padre de Decima tampoco quiere irse de
Pompeya. Le ha dicho que está leyendo
demasiados rollos y que se está dejando
llevar por su imaginación.

Por eso mi amiga ha ideado un plan para
salir de aquí. A lo mejor funciona, aunque no
confío mucho en ello.

Pontius y Pullo han convocado una reunión
que ha de celebrarse mañana, para hablar
del demonio. Decima me ha pedido que finja
haber recordado algo muy importante sobre
mi encuentro con el monstruo. Luego, cuando
tengamos la atención de la gente, podremos
contarles la verdad sobre lo que Numerius
puso en su rollo.

Sé que mi oratoria es excelente, pero en el rollo Numerius dice que Pontius y Pullo lo amenazaron cuando él intentó advertirles del aire atrapado bajo el suelo. ¿Cómo reaccionarán si les hago enfadar?

Decima salió corriendo antes de que yo pudiera proponer otro plan que no incluyera enfurecer a toda la gente y ser acribillado con verduras podridas.

XVII de julio

La gente no me ha acribillado con verduras podridas. Ha sido mucho peor.

He subido la escalinata del templo y he contemplado a los reunidos. Eran MUCHOS más que en la reunión sobre los impuestos.

—Sé que queréis que os hable de cuando me atacó el demonio —he dicho—. Pero no os hablaré de eso.

Se ha oído un largo "BUUU". He visto que un hombre con una túnica azul se iba de su sitio en las últimas filas.

—Pero lo que os voy a contar es aún más emocionante.

—¿Y qué es? —preguntó una mujer con el pelo rojo.

—¿Te ha atacado una mantícora? ¿O un basilisco? ¡Esos son la repera!

El hombre de la túnica azul ha vuelto a reunirse con el grupo.

—¿Ha sido una gorgona? —ha preguntado—. Una vez una de esas mordió a un amigo de mi hermana. ¡Fatal!

Mantícora

Basilisco

Gorgona

—No, nada de eso —he dicho—. La verdad es que en la montaña no hay ningún demonio ni ningún otro tipo de monstruo. El problema es el Vesubio MISMO. Lo sé porque he encontrado un rollo que dejó Numerius.

—¿Ese chalado? —ha gritado Pullo—. Debería haber supuesto que dejaría algún tipo de mensaje para que lo encontrara cualquier rarito.

—Hay aire atrapado bajo la montaña —he exclamado—. Y va a EXPLOTAR, lanzando piedras y rocas por todas partes.

Yo esperaba que en ese punto se armaría un gran revuelo, pero todo el mundo se quedó mirándome.

—¡Tenemos que marcharnos! —he dicho—. Esto es peligroso.

Se ha producido otro silencio incómodo.

—Creo que el demonio le ha sorbido el seso

—ha dicho Pontius—. Por eso suelta tantas tonterías.

La muchedumbre ha gemido.

—¡Salvadlo! —ha exclamado mi madre—. ¡Que alguien salve a mi pobre Lerdito!

Al oír que mamá me llamaba "Lerdito" delante de todo el mundo me he puesto como un tomate.

—¡Mirad! El calor del demonio le calienta la cara —ha gritado Pullo—. Debemos actuar enseguida. Que alguien traiga salsa de pescado. Es la mejor cura para todo.

Pontius ha subido la escalera y me ha retorcido las manos a la espalda. Un tendero le ha seguido, enarbolando un frasco de salsa de pescado rancia.

—¡No, por favor! —he suplicado.

El tendero me ha vertido la salsa en la

boca. He intentado decirle que ya me encontraba mejor, pero ha estado HORAS echándome eso. He sentido ganas de vomitar. He intentado evitarlo, pero qué va. He vomitado por todas partes.

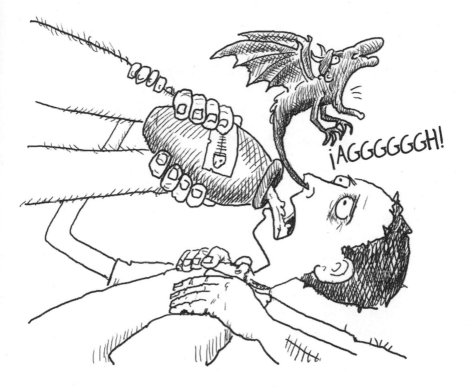

¡AGGGGGGH!

—Creo que el demonio ya se ha ido —ha dicho Pontius.

—Que no cunda el pánico —ha dicho
Pullo—. Mientras sigamos sacrificando
animales, los dioses nos ayudarán. Que todo
el mundo traiga animales al templo
inmediatamente.

XVIII de julio

Hoy todo el pueblo huele fatal. Claro que el
pueblo huele fatal siempre, pero hoy huele
más a pedo que a salsa de pescado. Me
pregunto si no habrá una especie de
intoxicación general.

Al otro lado de la calle, una mujer
gritaba:

—¿Quién ha matado a mi pobre pececillo?

Un hombre ha ido corriendo hacia ella con
varios gorriones muertos en las manos.

—Eso no es nada —ha dicho—. Mira, han

caído ellos solos del árbol. ¿Alguien quiere comprarlos?

Me he preguntado si todo eso estaría relacionado con el pestazo. ¿Es posible tirarse un pedo tóxico que hasta mate a los animales? Un día mi amigo Cornelius se tiró uno tan descomunal que se quedó solo en la fila del anfiteatro. Pero estoy casi seguro de que ni siquiera ESE podría matar. Quien lo haya conseguido podría ganar una fortuna participando en los espectáculos de fieras. Yo al menos pagaría lo que fuera por ver un león pedorreado hasta la muerte.

¡PROOOP!

XIX de julio

Un asqueroso olor a pedo sigue atufando el aire. Todos los del pueblo lo comentan. He visto a Pontius y Pullo hablando del tema con el resto de los gobernantes locales fuera de una taberna.

—El demonio de la montaña se ha burlado de nuestros sacrificios de animales matando a pedos a todos nuestros pájaros y nuestros peces.

—Perfecto —ha dicho Pontius—. Eso significa que le estamos molestando. Hemos de seguir así. Sacrificaremos un animal cada hora hasta que los dioses echen al demonio.

—Eso puede suponer un problema —ha señalado Pullo—. Los dioses no parecen muy interesados en salvarnos, y se nos están acabando los animales.

—No importa —ha dicho Pontius—. Recuriremos a nuestros fondos para

emergencias para comprar algunos animales a nuestros vecinos de Herculano.

¿Fondos para emergencias? Eso demuestra que, si quisieran, podrían pagar los nuevos impuestos AHORA MISMO. Y yo podría regresar a mi amada Roma en lugar de quedarme en este pueblucho.

XX de julio

Esta mañana he visto a Pullo llevando a un buey blanco hacia el templo. No soporto pensar cuánto le habrá costado. Si sigue tirando de los fondos para emergencias, no podrá pagar los nuevos impuestos aunque quiera.

Todo el mundo ha acudido a ver a la pobre criatura mientras cruzaba el foro.

Pontius estaba esperando entre dos columnas de la escalinata.

—Excelente elección —ha dicho—. Esto servirá.

Un temblor ha sacudido el suelo y unas tejas rojas se han desprendido de las casas vecinas para estrellarse a sus pies.

—¡Rápido! —ha gritado Pontius—. ¡Sacrificad el buey antes de que el demonio se burle más de nosotros!

XXI de julio

Estoy convencido de que estos temblores y estas pestes son indicios de que la montaña va a explotar. Numerius mencionaba un "gas mortal" justo antes de las "piedras ardientes" y el "río de fuego". Esto significa que nos queda MUY POCO tiempo.

He intentado por todos los medios convencer a mamá para que nos marchemos hoy, pero nada.

—La montaña va a explotar —le he dicho—. Vamos a morir todos.

—No te preocupes, Lerdus —ha contestado ella—. Pontius y Pullo están haciendo cantidad de sacrificios de animales, o sea que todo saldrá bien.

—Eso no cambia nada —le he dicho—. El aire atrapado en la montaña hará que explote sin importar en cuántos bueyes blancos hayan malgastado el dinero esos tontos. Yo me largo de este peligroso pueblo tanto si me acompañas como si no.

—Anda, por qué no te echas un ratito y descansas —ha contestado ella.

—Porque Pompeya es una trampa mortal —he respondido—. No puedo echarme y descansar un ratito aquí como no podría hacerlo en un anfiteatro lleno de leones rabiosos y hambrientos.

XXII de julio

Hoy en el foro me he fijado en un tipo corpulento con la cara roja que se ha dirigido a Pontius y Pullo. Spurius se ha levantado.

—Es Pomposus Fatuo, magistrado de Herculano.

Pontius ha sonreído y lo ha saludado. La cara del hombre se ha puesto aún más roja.

—Me llamo Pomponius Falto. Mi nomenclador es tan malo como el vuestro, lo azotaría en el foro.

—¿Qué podemos hacer por ti? —ha preguntado Pullo.

—Podríais dejar de comprar todos los animales de mi pueblo para sacrificarlos —ha contestado Pomponius—. Sin los animales de trabajo, todas las labores se han interrumpido. Los arrieros no pueden entregar las mercancías, los campesinos no pueden arar y los panaderos no pueden hacer el pan.

—No hemos obligado a nadie a que nos venda los animales, y los hemos pagado bien —ha contestado Pontius.

—Esos zoquetes no han podido resistirse a vuestro dinero —ha admitido Pomponius—. Por eso os advierto: si seguís así, estos animales no serán los únicos que correrán peligro.

¡Toma! OTRA razón para marcharse del pueblo. Aunque la montaña no explote, habrá una guerra con Herculano.

Las crueles y furiosas hordas de Herculano.

XXIII de julio

Hoy he vuelto a ver al pintor, fuera de nuestra casa. Estaba dibujando una grosera imagen de determinadas partes del cuerpo que no nombraré justo en la parte exterior de nuestra puerta.

—¡No hagas eso! —he gritado—. ¡Se lo contaré a Pontius y Pullo!

—¿Pontius y Pullo? —se ha extrañado—. Pero si me lo han pedido ellos. He de pintar este dibujo en todas las casas como protección contra el demonio. Es un símbolo muy poderoso de buena suerte, ¿sabes?

He notado que me ruborizaba y he vuelto a entrar, no fuera a pensar que el demonio me estaba calentando la cara otra vez.

XXIV de julio

Esta tarde, al volver a casa, he oído un
extraño gruñido procedente de mi
habitación. He entrado corriendo y he visto
dos cerdos en un rincón. Le he preguntado a
mamá qué estaba pasando y me ha dicho
que Pontius y Pullo habían comprado

tantos animales que no cabían en el templo, así que han pedido a la gente que los guardaran hasta que hayan degollado unos cuantos. Espero que se den prisa y se lleven pronto los sobrantes antes de que mi precioso sueño también sea sacrificado.

¡OINK!

¡OINK!

XXV de julio

Esta mañana he ido a buscar a Decima y su padre me ha dicho que no estaba, pero yo la he visto atisbando por la ventana.

—Ponte de espaldas a la pared —ha susurrado Decima—. Que no se note que me estás hablando, por si papá nos ve.

Me he dado la vuelta y me he puesto mirando a la calle.

—¿Qué ha pasado?

—Papá me ha castigado en mi habilación porque le decía que debíamos marcharnos de Pompeya —me ha explicado.

—Mis padres también están hartos de que se lo repita —he dicho.

—Hemos de salir de aquí, Lerdus —ha dicho Decima—. Si nuestros padres no quieren, tendremos que huir nosotros solos. Esta noche, cuando todos se hayan acostado, ven aquí y escaparemos antes de que la montaña explote. Me llevaré algunas de las mercancías de papá para poder acampar.

—Muy bien —he contestado—. Supongo que no tenemos elección.

He mirado al otro lado de la calle y he visto a Pontius y Spurius que se acercaban.

—Es Lentus Maximus —ha declarado Spurius—. Está hablando solo porque es un rarete romano.

—Ya sé quién es ese tonto —ha dicho Pontius, mirándome—. Ha estado contando todas esas mentiras que sacó del sabihondo de Numerius. Si no fuera por su encantadora mamá, ya lo habría expulsado del pueblo.

OJALÁ me hubiera expulsado. PRECISAMENTE lo que quería era regresar a Roma. Como castigo, habría quedado perfecto con un delicioso almuerzo de ocho platos.

Y tu siguiente castigo será comerte una bandeja entera de lirones en miel.

XXVI de julio

No me costó mucho quedarme despierto, con todos esos gruñidos cerdiles.

Cuando he estado seguro de que todos se habían dormido, he salido y me he dirigido a casa de Decima. He pensado en despertar a mis padres y hacer un último intento para convencerlos de que vengan, pero sabía que no serviría de nada.
Solo me queda esperar que puedan escapar a tiempo si la montaña empieza a escupir fuego.

Decima estaba esperando en el atrio y me ha enseñado el almacén de su padre.

Hemos encontrado esos armazones de madera que usan los soldados para llevar sus cosas. También he visto dos cabezas de lobo para ponérselas una persona y he querido llevármelas porque molaban mucho, pero Decima ha dicho que nos darían demasiado calor.

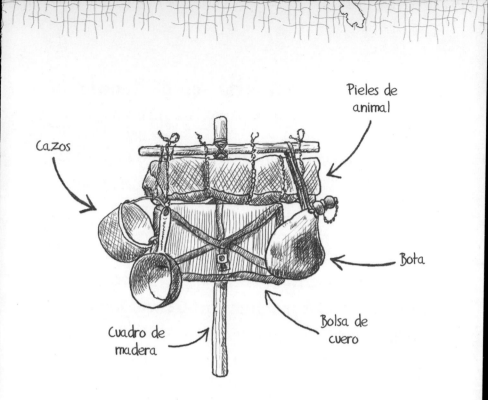

Pieles de animal

Cazos

Bota

Cuadro de madera

Bolsa de cuero

—¿Quién anda ahí? —ha gritado el padre de Decima desde su habitación—. ¿Hay alguien en el almacén?

—Rápido —ha susurrado Decima. Hemos salido corriendo a la oscuridad de la calle. Aún he oído al padre de Decima vociferando "pompeyanos perros ladrones" desde dentro de la casa.

Al cruzar el foro, Decima ha señalado una

de las columnas al otro lado del templo. El asno del panadero estaba atado allí.

—Seguramente Pontius piensa sacrificarlo mañana —ha dicho Decima—. Vamos a llevárnoslo.

—¡Buena idea! —he susurrado—. Se me da muy bien montar a caballo, o sea que también podré montar en burro a la perfección.

He ido corriendo hacia el asno y lo he desatado. He montado y he ayudado a Decima a subir.

—¡Adelante! —he dicho sin alzar la voz.

El asno ha echado a andar, pero torciéndose a la derecha. Ha trazado un círculo y al final ha llegado al punto de partida.

—¡Vamos! —he susurrado—. ¡Todo recto!

El asno ha dado otra vuelta.

Y otra más.

—Pues no ha sido tan buena idea —he dicho. Y hemos desmontado para emprender el viaje a pie.

Hemos salido por la Puerta del Foro y hemos ido por el campo, alejándonos del Vesubio todo lo que hemos podido.

Decima ha insistido en seguir andando todo el día, aunque el armazón de madera me pesaba un montón y hubiese preferido descansar.

Cuando por fin hemos encontrado un sitio que le ha gustado a Decima, ya estábamos a millas de distancia del Vesubio. Las piedras ardientes no nos alcanzarían.

Con las pieles y unas ramas hemos montado una tienda de campaña. Nos hemos metido dentro. He tratado de distraer a Decima practicando mis dotes oratorias, pero enseguida la he oído roncar. Claro, estaba tan cansada de andar...

XXVII de julio

Sin señales de explosión.

Una nube

XXVIII de julio

Todavía nada.

Un árbol

XXIX de julio

Nada de nada.

Unas piedras

XXX de julio

HOY HA HABIDO UNA GRAN EXPLOSIÓN
Y...

Es broma. No ha pasado NADA.

XXXI de julio

Sigue sin pasar nada. ¿No será que Numerius
SÍ ESTABA loco?

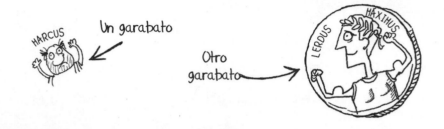

HARCUS

Un garabato

Otro garabato

LERDUS HAXIHUS

I de agosto

Se nos están acabando las provisiones y
Decima se siente culpable por haber huido
dejando a sus padres en peligro de muerte.
Quiere volver a Pompeya mañana. A lo
mejor no había motivo para tanto pánico.
Aunque Numerius tuviera razón, eso no
significa que la montaña vaya a estallar
ahora mismo. Podría ocurrir dentro de cien
años.

II de agosto

No puedo CREER lo que ha pasado hoy.
Todavía estoy temblando...

Al amanecer hemos recogido la tienda y nos
hemos marchado. Luego ha apretado el
calor y nos hemos discutido por decidir quién

iría delante. Los bártulos pesaban tanto que yo andaba haciendo eses.

—¡Espera! —he gritado—. Busquemos algo de sombra para descansar.

Pero Decima ni caso. Al final he tirado todas las cosas y me he derrumbado encima.

—Perdona —ha dicho Decima—. Descansemos un poco si quieres.

No me quedaban fuerzas para hablar. He asentido y he cerrado los ojos.

Cuando he vuelto a abrirlos, el sol ya estaba bajo. He visto que había dormido todo el día. Pero no parecía que se hiciera de noche. Todavía hacía mucho calor.

He mirado a Decima. Tenía los ojos como platos y la boca abierta.

Me he vuelto para observar lo que ella estaba viendo. Una llamarada naranja se elevaba hacia el cielo desde la cima de la montaña. Por encima, el humo se extendía con la forma de una gigantesca seta.

También se notaba de nuevo la peste a pedo, pero ahora mezclada con un olor a quemado tan intenso que hasta notaba su sabor.

La ceniza volaba y me entraba en los ojos. Me he mirado la túnica y la he visto toda

cubierta de motas. He sacudido una y ha dejado un rastro gris.

—A mamá esto no le gustará nada —he dicho—. No soporta verme con la túnica sucia.

—Creo que tu madre tendrá otros motivos de preocupación, estando en Pompeya —ha replicado Decima.

—Sí, claro —he dicho, tratando de no pensar en lo que podía estar pasándoles a mis padres. Pompeya estaba mucho más cerca que nosotros de la montaña. Decima parecía muy angustiada.

—Mientras no nos dejemos llevar por el pánico, todo irá bien —le he asegurado—. ¡Ay! ¿Qué ha sido eso?

Algo me había golpeado en la frente.

Decima ha señalado una piedrecita negra que estaba a mis pies. He intentado recogerla, pero quemaba. Otra piedra ha pasado silbando junto a mi oreja.

—He cambiado de opinión. ¡PÁNICO! —he gritado. Hemos recogido las cosas y hemos empezado a correr para alejarnos de la montaña.

Unas motas negras revoloteaban por el aire. Al volver la vista atrás he visto unas columnas de humo negro que parecían acercarse a nosotros. Más piedras se precipitaron al suelo.

El corazón me latía desbocado y he descubierto que podía correr más rápido. Decima iba un poco por delante, pero apenas la veía de tanta ceniza como caía.

—¡Mira! —le he gritado.

He soltado el cazo del petate y me lo he puesto en la cabeza. Una piedra pequeña ha rebotado en él. Decima me ha imitado.

Luego ha pasado una cosa muy rara. Delante de mí, entre el humo, ha aparecido la imagen de un bebé. Me he preguntado si no me estaría intoxicando con los gases.

El bebé ha ido creciendo hasta convertirse en un niño mayor...

No podía creerlo. Mi vida pasaba ante mis ojos...

¡... y mi mente solo elegía los episodios menos heroicos!

¿Y el día que salvé a César en una EXTRAORDINARIA lucha con espada? ¿O el día que participé en un ESPECTACULAR desfile militar?

He decidido mostrar a mi estúpida memoria que yo sería un auténtico héroe en cuanto dejaran de caer piedras. He corrido a toda velocidad... hasta que he tropezado y me he caído de narices, de forma que el mango del cazo se ha hundido en el suelo.

Para cuando he conseguido liberar el mango, el humo ya se aclaraba y el olor a pedo desaparecía.

—Creo que el viento sopla en la otra dirección —ha dicho Decima—. En Pompeya tiene que ser horrible. Están muy cerca de la montaña.

Me he preguntado si Pontius y Pullo aún estarían buscando más animales para sacrificarlos. Debían de estar desesperados.

Oh, dioses, aceptad esta avispa...

El viento se ha llevado el humo y hemos visto la cima de la montaña.

Me he quedado patitieso. Un brillante río de fuego bajaba por la ladera, recorriendo el terreno a una sorprendente velocidad en dirección A NOSOTROS.

Decima ha señalado una colina que se alzaba a nuestra derecha.

—Vamos allí. Si alcanzamos un terreno elevado, estaremos salvados.

Salí zumbando hacia la colina mientras el calor del fuego que se acercaba me chamuscaba la piel.

Al cabo de unos instantes he mirado atrás. No he visto a Decima. De hecho, el río de fuego naranja brillaba tanto que no veía nada de nada.

He vislumbrado un bulto unos cien pasos más atrás. ¡Decima! Estaba tratando de levantarse, pero no lo conseguía.

El fuego casi la alcanzaba. Mi instinto me decía que siguiera hacia la colina. Si intentaba volver atrás para ayudar a mi amiga, los dos seríamos engullidos. Nunca volveríamos a casa y yo nunca llegaría a convertirme en un noble héroe romano.

Estaba a punto de seguir adelante cuando de pronto he recordado cómo me ayudó Decima cuando me caí en la montaña. ¿Iba a abandonarla después de eso? Y lo que es más, ¿cómo podría convertirme en un noble héroe romano si permitía que mi amiga fuera tragada por un río de fuego líquido?

Tenía que ayudarla. Aunque los dos acabáramos carbonizados. He echado a correr hacia ella.

—¡No vengas! —ha gritado Decima—. Si no me dejas, moriremos los dos.

—Un noble héroe nunca abandona a sus amigos —he chillado, o al menos he tratado de hacerlo. El calor me había secado la garganta y apenas conseguía que saliera algún sonido.

He pasado el brazo por los hombros de Decima y la he ayudado a levantarse. Ella ha intentado apoyarse en el pie izquierdo, pero ha aullado de dolor.

—Creo que me he torcido el tobillo —ha gritado.

La he sostenido y ella ha saltado tan rápido como ha podido, aunque no servía de mucho. Íbamos más despacio que un gladiador pompeyano.

—¡Venga! —he vociferado—. ¡Podemos hacerlo!

Hemos llegado al pie de la colina. Decima tenía que apoyar todo su peso en cada brinco, y casi nos caíamos cada vez.

El fuego ya nos alcanzaba. De nuevo se notaba el pestazo a pedo de montaña, tan fuerte que me costaba respirar. Olía aún peor que cuando me quedé atrapado bajo los retretes.

Hemos seguido saltando colina arriba. Yo procuraba evitar piedras y arbustos, pues sabía que cualquier tropiezo nos enviaría ladera abajo hacia el fuego líquido.

La pendiente se ha hecho más pronunciada y cada vez nos costaba más avanzar. Los gases del pedo han debido de intoxicarme, porque he empezado a pensar que era un lirón en plena cocción.

—¡Mira! —ha gritado Decima, señalando.
Más abajo, el fuego empezaba a rodear la
colina, pero no subía de nivel. Habíamos
escapado.

III de agosto

Todavía estamos en la colina. El líquido naranja ya ha pasado, pero ha dejado un rastro de fuego en todo el valle.

¿Qué vamos a hacer ahora? No podemos volver a Pompeya. Seguramente ha sido destruida. Solo puedo desear que papá y mamá hayan escapado.

POSDATA

Ha amanecido. He subido a lo alto de la colina y he visto Pompeya al sureste de la montaña. Pensaba que estaría toda cubierta de polvo gris, pero parece completamente normal. Solo es un punto en la distancia, así que no resulta fácil distinguirlo, pero diría que no se ve ninguna columna de humo.

Se lo he dicho a Decima y ha decidido volver inmediatamente. Yo también quiero regresar, pero le he advertido

Pompeya

que se prepare para lo peor. Puede
que nos dirijamos a la mayor tumba del
mundo.

POSPOSDATA

Ahora estamos a unas pocas millas de
Pompeya y oscurece de nuevo. Preferiría
esperar a mañana para entrar en
Pompeya, pero Decima está decidida a
llegar hoy, por si hay heridos a los que
podamos ayudar.

Me preocupa que encontremos fantasmas, pero se me ha ocurrido una idea GENIAL para ahuyentarlos. He recordado lo que me dijo el pintor sobre cómo alejar el mal, así que he grabado una horrible cara de Medusa en mi cazo con una piedra. Si se acerca algún fantasma, me lo pondré delante de la cara y haré un ruido silbante.

¡Fissss!

A Decima le ha parecido una tontería,
claro. Pero solo es por si acaso. Seguro
que deseará haber preparado un
asusta-fantasmas SI nos encontramos
con algún espíritu.

IV de agosto

Era más de medianoche cuando hemos
llegado a la Puerta de la Sal. He oído voces
procedentes del pueblo. ¿Fantasmas? Me he
puesto el cazo de Medusa delante de la
cara. Por desgracia, he chocado con
la puerta, así que he tenido que retirar
el cazo.

He andado por la oscura calle. Las casas no
parecían haberse quemado. A lo mejor el
daño se había producido al otro lado del
pueblo.

Hemos llegado a la calle del foro y la he
examinado. Tenía el corazón desbocado.

Una figura se acercaba a nosotros. Me he puesto el cazo delante de la cara otra vez y he hecho un ruido sibilante. He oído unos pasos que se acercaban y una risa fantasmal.

Bueno, en realidad no TAN fantasmal. Era más como una risita tonta. He mirado por encima del cazo y he visto a una mujer que me señalaba riéndose. No parecía un fantasma, pero de todas formas he salido corriendo, por si acaso.

¡JA JA JA!

He alcanzado a Decima y hemos visto otras dos figuras oscuras tambaleándose hacia nosotros. Tampoco parecían fantasmas. De hecho, eran calcadas a Pontius y Spurius.

Mientras se acercaban, Spurius nos ha señalado y ha dicho:

—Lerdus y Decima, los niños romanos que fueron devorados por el demonio de la montaña la semana pasada.

Pontius nos ha saludado con la mano al tiempo que sonreía.

—¿Cómo es que aún estáis vivos? —le he preguntado.

—Bueno, como muchas verduras, hago ejercicio y todo eso —ha contestado Pontius—. Ya sabes.

—Pero ¿y la lava y las piedras?

—Eso no lo he probado. ¿Es algún tipo de dieta de moda en Roma?

He mirado a Pontius, desconcertado. O bien los gases tóxicos le han reblandecido el cerebro más de lo que ya lo tenía, o es que NO ha habido NADA de lava ni piedras por aquí. Lo cual significa que nuestras familias están bien.

He mirado a Decima.

—Será mejor que busquemos a nuestros padres.

Ella ha asentido y se ha alejado cojeando. Yo he salido zumbando hacia casa y me he precipitado en el atrio.

—¡Mamá! ¡Papá! —he gritado.

He oído la voz de papá en el dormitorio.

—Ya te dije que volvería. Siempre vuelve.

Mamá ha salido corriendo y me ha abrazado. En cuanto he recuperado la respiración, le he preguntado qué había pasado. Por lo visto, los temblores continuaron después de que nos marcháramos.

Pontius y Pullo ordenaron que se hicieran aún más sacrificios.

Según mamá, esto enfureció tanto al demonio que abrió un agujero en la montaña y lanzó fuego al cielo. Lanzó pedos mortales hacia Pompeya y lo emporcó todo de polvo gris. Pero al final los dioses quedaron satisfechos con los sacrificios e intervinieron. Enviaron fuertes vientos que alejaron el humo y al demonio.

En cuanto a los ríos de lava, bajaron por el otro lado de la montaña y no afectaron a Pompeya.

Yo traté de explicarle nuestra versión de los sucesos, pero no me hizo caso. Está convencida de que el demonio nos raptó, o sea que no voy a molestarme en contarle la verdad.

Me MORÍA de hambre, pero todo lo que me dieron para comer fue un plato de zanahorias y nabos. Por lo visto todos los animales han sido sacrificados, así que no queda nada de carne en el pueblo.

Las gallinas de mamá pasaron por mi lado pavoneándose y cacarearon mientras yo daba cuenta de las insípidas verduras.

Ojalá se hubieran asado con el calor. Así ahora podría zamparme un suculento plato de pollo.

V de agosto

Al final los padres de Decima han accedido a dejar el pueblo, pero los míos no, porque están LOCOS.

Mamá está convencida de que el demonio se ha marchado y ya no corremos peligro. Papá insiste en que nos quedemos hasta que paguen el nuevo impuesto. Si la montaña explota de nuevo, no quedará nadie que pueda pagar los impuestitos de César.

Exijo el diez por ciento de los restos carbonizados de vuestras propiedades.

POSDATA

Un momento. Acabo de tener una idea
GENIAL para salir de este sitio de una vez
por todas. Necesito la ayuda de Decima y
algunas de las cosas de su padre, pero creo
que saldrá bien...

VI de agosto

Después de medianoche he ido a casa de
Decima. La he encontrado esperándome en
el atrio con las cosas que le había pedido
del almacén de su padre.

Se me ocurrió que si los dos nos poníamos las
cabezas de lobo y llevábamos unas velas
delante de la cara, podíamos parecer
perfectamente el demonio de dos cabezas.

Bueno, casi perfectamente. Al menos lo suficiente para una habitación a oscuras.

Nos hemos dirigido sigilosamente a la casa de Pontius y lo hemos encontrado durmiendo en una habitación junto al atrio.

—¡Despierta! —he gruñido con la voz más grave que he sabido poner, levantando una vela delante de mi cara—. Soy el demonio de fuego.

Pontius ha abierto los ojos y ha chillado.

—¡Ataque demoníaco! —ha gritado—.
¡Socorro!

Se ha levantado de la cama de un salto y
nos ha lanzado una estatuilla.

—¡Basta! —he susurrado—. Tienes que
escucharnos.

Decima me ha dado un codazo para
recordarme que debía poner voz de
demonio.

—Quiero decir... no intentes pedir ayuda o
tomaremos el control de tu cuerpo, como
hicimos con ese chico romano tan simpático,
Lerdus.

—Dejadme en paz o pediré a los dioses que
os expulsen de nuevo —ha gritado
Pontius—. No creáis que me pilláis
desprevenido.

—No te haremos daño —le he dicho—.
Pero tienes que hacer una cosa.

Pontius se ha llevado las temblorosas manos a los oídos.

—No intentes engañarme con tus astutas palabras, demonio.

—Nada de engaños —he dicho—. Te estoy planteando una oferta de verdad.

Pontius ha bajado los brazos.

—Vale. ¿Qué es?

—Prometo marcharme para siempre si pagas los nuevos impuestos de César con los fondos para emergencias —he dicho.

—¡Oh! —ha contestado Pontius, con aire de confusión—. Sí, supongo que podríamos hacerlo. Pero ¿a ti qué más te da? ¿No es un poco aburrido el tema de los impuestos para un demonio del fuego?

—No me vengas con preguntitas —he vociferado—. Si no, dirigiré uno de mis pedos mortales hacia ti.

Y ten en cuenta lo pestilentes que fueron cuando me los tiré en la montaña. Imagínate cómo serán si me los tiro tan cerca de ti.

—Vale, vale, cualquier cosa menos ESO —ha dicho Pontius, con los ojos desorbitados de terror—. Haré todo lo que me mandes.

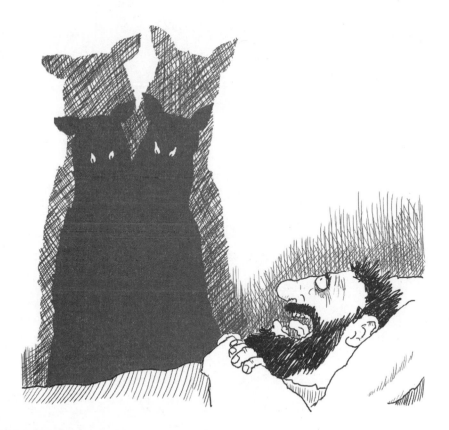

VII de agosto

Hoy al amanecer Pontius ha venido a nuestra casa. Papá ha empezado ha hablarle de los impuestos para intentar convencerlo. Pero sin pronunciar palabra, Pontius ha dejado caer sobre la mesa de papá una bolsa de monedas, suficientes para pagar los impuestos, y ha salido pitando.

Papá desconfiaba tanto que ha inspeccionado todas y cada una de las monedas antes de dar la mejor noticia que podía darme. ¡Podíamos volver a Roma!

Mamá se disgustó mucho, lo cual demuestra que está un poco chalada. Preferiría quedarse junto a esta peligrosa montaña a volver a la mejor ciudad del mundo.

En un instante yo ya estaba dispuesto para la marcha, pero no podíamos irnos porque la semana anterior mamá había llevado a sacrificar a nuestros dos caballos. No puedo creer que se haya deshecho de nuestro ÚNICO medio de escapar. Ahora tendría que obligar a sus supersticiosos amigos a que tiraran del carro.

VIII de agosto

Hoy papá ha ido a Herculano para comprar dos caballos nuevos. Lo único que ha encontrado han sido dos miserables jamelgos que apenas parecían capaces de llegar a Pompeya, conque ni te digo ya a Roma. Pero ni siquiera esos pencos pudo comprar, porque Pomponius Falto se había enterado y había prohibido que se vendieran animales. Parece que al final no podremos marcharnos.

POSDATA

Acabo de recordar una cosa. Cuando yo iba disfrazado de demonio, Pontius dijo: "No creáis que me pilláis desprevenido." ¿Y si en secreto ha estado guardando animales por si tenía que hacer más sacrificios? No me extrañaría de él.

Pero en ese caso, ¿dónde los guardaría? ¿Y estarían lo bastante fuertes como para tirar de un carro hasta Roma?

Sí   Tal vez   Ni hablar

IX de agosto

Me he pasado todo el día vagando por el pueblo intentando encontrar el sitio donde Pontius habría escondido a los animales. He visto a un montón de seres que parecían animales y olían como animales, pero estoy casi seguro de que eran personas.

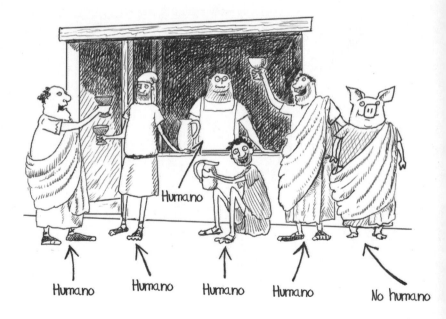

Pontius debe de tenerlos en un sitio súper secreto, pero ¿dónde?

X de agosto

¡Pues claro!

En el pueblo no hay ningún sitio donde se puedan esconder tantos animales, pero justo fuera sí lo hay: donde se hace la salsa de pescado. En este momento estoy ahí para investigar. Si es lo último que escriba, será porque habré muerto debido a los pestilentes y fétidos gases tóxicos del pescado.

POSDATA

He llegado al lugar. He contenido la respiración y he pasado entre hileras de apestosas ánforas. Al final había una especie de cobertizo y he entrado corriendo.

Tal como sospechaba, estaba lleno de animales. Por desgracia, todos eran cerdos. Me he preguntado si no sería posible ir montado en cerdo hasta Roma. He comprendido que no sería una forma muy digna de viajar, pero mejor eso que nada.

Ya me disponía a montar en uno cuando me he fijado en otra puerta.

La he empujado y se ha abierto. ¡Tachán! Allí estaban nuestros dos caballos. Pontius debía de tenerlos guardados por si necesitaba impresionar realmente a los dioses.

Los he llevado de vuelta a casa con aire triunfal.

POSDATA

Magníficas noticias. Papá ha dicho que podemos irnos mañana a primera hora. ROMA... De vuelta a casa.

XI de agosto

Vamos de camino a Roma y esa horrible montaña apenas se ve ya.

Ojalá que no vuelva a explotar. Nadie se merece quedar sumergido en fuego líquido, ni siquiera los tontainas de Pompeya. De todos modos, yo he hecho todo lo posible por advertirles. Si deciden asumir el riesgo de vivir ahí, ya es cosa suya...

SOBRE POMPEYA Y EL VESUBIO

Lerdus escribió sus rollos hacia el año 40 a.C., y son el único registro de una erupción del Vesubio en esa época. Pero ocurrió una mucho más famosa en el año 79 d.C.

Después de una serie de temblores, el volcán expulsó millones de toneladas de lava, piedra y cenizas en la mañana del 24 de agosto. Esa noche, todo ese material cayó sobre Pompeya y dejó enterradas a dos mil personas.

El pueblo permaneció sepultado hasta mediados del siglo XVIII, cuando se iniciaron las excavaciones y el lugar se convirtió en un popular destino turístico.

En el siglo XIX, un hombre llamado Giuseppe Fiorelli se puso al frente de la investigación. Creó moldes de las personas que habían muerto, rellenando de yeso los huecos que habían dejado sus cuerpos.

Obtuvo una imágenes extraordinariamente detalladas en las que se observaban las tiras de las sandalias y la tela de las túnicas. Uno de estos moldes incluso mostraba un perro que había muerto intentando librarse de la cadena que lo sujetaba.

Millones de personas siguen acudiendo a Pompeya cada año para visitar sus ruinas, mosaicos, pinturas murales y estatuas, así como para tener una perspectiva única de la vida hace casi dos mil años.

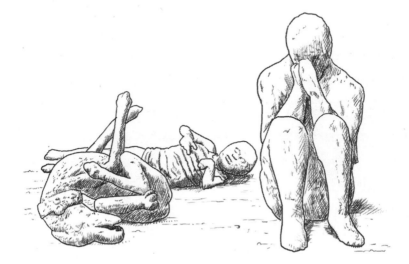

ANTIGUAS PALABRAS ROMANAS

Es posible que en los diarios de Lerdus encuentres ciertas palabras que no conozcas. Aquí tienes algunas breves explicaciones.

Anfiteatro – Gran estructura redonda usada para los combates de gladiadores y los espectáculos de fieras. El de Pompeya tenía cabida para 20.000 espectadores.

Atrio – Dependencia principal de la casa romana, que conducía a las otras habitaciones. A diferencia de las salas de estar actuales, era un espacio descubierto, tenía un pequeño estanque y no había fotos bochornosas de cuando eras bebé.

Basilisco – Criaturas legendarias con forma de serpiente que matan a la gente solo con mirarla. Últimamente no han sido vistos. A lo mejor es que todos se miraron sin querer en algún espejo.

Cifrado César – Código que sustituye cada letra por otra situada tres puestos antes en el abecedario. Su nombre se debe a Julio César, que lo utilizaba en su correspondencia privada para protegerla de posibles fisgones.

Cleopatra VII – Reina egipcia que gobernó entre el 51 y el 30 a.C. Descubre lo que pasó cuando

Lerdus la conoció a ella y a su desagradable hermano en *El diario de Lerdus Maximus en Egipto*.

Foro - Plaza principal de las poblaciones romanas, donde se encontraban los templos, el mercado y los tribunales de justicia.

Garum - Salsa hecha con los intestinos fermentados de pescado que se empleaba a troche y moche en la cocina romana, para disgusto de Lerdus.

Gladiadores - Despiadados luchadores que se enfrentaban unos a otros en los circos. A veces los combates eran a muerte, pero a diferencia de lo que suele creerse, eso no era lo más habitual. Al fin y al cabo, los buenos luchadores costaban lo suyo, ¿por qué malgastarlos a lo tonto?

Gorgonas - Criaturas míticas con el pelo hecho de serpientes que pueden convertir a la gente en piedra con solo mirarla. Si ves a una, te quedarás petrificado, literalmente.

Herculano - Población al oeste de Pompeya que también quedó destruida por la erupción del año 79 d. C. Recientemente se han descubierto los restos de algunas de las víctimas, lo cual ha aportado más datos sobre la vida en la Antigua Roma.

Julio César – Célebre dirigente romano que llevaba un célebre peinado. Descubre cómo salvó Lerdus a César de unos asesinos en *El diario de Lerdus Maximus*.

Liberto – Antiguo esclavo que había sido liberado. Aunque algunos llegaban a hacerse ricos, a veces se les miraba mal por gastarse el dinero en cosas chabacanas.

Litera – Silla cubierta transportada por esclavos que era un popular medio de movilidad entre la población rica. Probablemente seguiría siendo popular entre los ricos aún hoy si se les permitiera emplearlo.

Mantícoras – Criaturas legendarias con cabeza de persona y cuerpo de león. Como los centauros, pero mucho más molonas.

Saturnales – Antigua celebración romana que tenía lugar a mediados de diciembre. Se cree que fueron un precedente de las fiestas de Navidad.

Tablilla – Superficie portátil para escritura hecha de madera recubierta de una capa de cera. Posteriormente fue sustituida por el lápiz y el papel. Actualmente hay quien piensa que el lápiz y el papel serán sustituidos por las tabletas electrónicas, con lo cual el círculo se cerraría.

SOBRE LOS NÚMEROS ROMANOS

En la Antigua Roma no se empleaban los mismos números que hoy en día. Los romanos contaban mediante una combinación de las letras I, V, X, L, C, D y M. Los números romanos siguen usándose en los relojes finos y en las secuelas de películas.

Aquí tenéis una guía:

1 = I	17 = XVII	60 = LX
2 = II	18 = XVIII	100 = C
3 = III	19 = XIX	200 = CC
4 = IV	20 = XX	500 = D
5 = V	21 = XXI	1000 = M
6 = VI	22 = XXII	1500 = MD
7 = VII	23 = XXIII	2000 = MM
8 = VIII	24 = XXIV	2020 = MMXX
9 = IX	25 = XXV	
10 = X	26 = XXVI	
11 = XI	27 = XXVII	
12 = XII	28 = XXVIII	
13 = XIII	29 = XXIX	
14 = XIV	30 = XXX	
15 = XV	40 = XL	
16 = XVI	50 = L	

Sigue a Lerdus en estas dos aventuras hilarantes:

Libro uno

Libro dos